SECRET ENTERRADOS EN LA ARENA

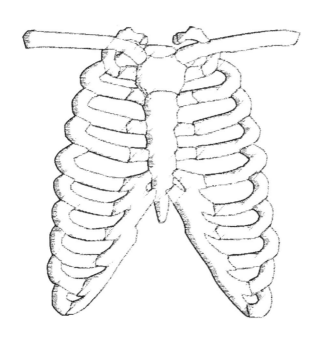

L.A. SALSTERG

ÍNDICE

NOTAS PREVIAS 9

CAPÍTULO 1 15
CAPÍTULO 2 25
CAPÍTULO 3 33
CAPÍTULO 4 45
CAPÍTULO 5 57
CAPÍTULO 6 67
CAPÍTULO 7 75
CAPÍTULO 8 83
CAPÍTULO 9 89

AGRADECIMIENTOS 101
ACERCA DEL AUTOR 103

SECRETOS ENTERRADOS EN LA ARENA

Una precuela de *Cosas que hacer después de morir*

NOTAS PREVIAS

Secretos enterrados en la arena es una obra de ficción. Los personajes y lugares aquí mencionados son puramente ficticios. Cualquier parecido con la realidad es mera coincidencia.

Esta historia pertenece al universo de *Cosas que hacer después de morir*, sin embargo, ambas novelas son independientes. A pesar de que *Secretos enterrados en la arena* se desarrolla cronológicamente con anterioridad, se recomienda la lectura en orden de publicación ya que los protagonistas son los mismos y se da por hecho que el lector está familiarizado con ellos.

*

Una de las primaveras más soleadas que recuerdo dio paso a un verano espléndido, igualmente caluroso. Ironías de la vida, la mayoría lo pasamos en arresto domiciliario. Los más afortunados, en libertad condicional. La nueva normalidad, lo llamaban. Nos cortaron las alas. Recuerdo pasear por el centro de Londres, por esas calles, plazas y puentes que cualquier mañana de agosto de cualquier otro año habrían sido intransitables, y cruzarme solamente con mi sombra. Las salas de los museos en silencio sepulcral, tan puro que me aterraba quebrantarlo con mis pisadas. *Staycation*, lo llamaban. Y, sin embargo, hasta los trenes que se dirigían a la costa iban vacíos. Por eso me senté frente a una página en blanco y viajé al sur sin salir de mi casa.

Tres años después, por razones muy distintas pero igualmente inexplicables y devastadoras, vuelvo a encontrarme rodeada de nubes negras. Es un buen momento para hacer la maleta y tomar de nuevo ese tren con rumbo a Salterra.

Para María F.G.,
que a los veranos en Marte
no les falte el sol de tu sonrisa.

SÁBADO, 23 DE AGOSTO

CAPÍTULO 1

El viaje en tren desde Artania se alarga durante más de diez horas. Atraviesa el país por el interior, pasando por la capital. Las siguientes etapas del viaje cruzan la estepa central, un desierto monocromático desolado desde tiempos remotos, sin más encanto que la memoria de las leyendas que se escribieron con sangre y magia oscura sobre esas tierras ahora prácticamente deshabitadas. La belleza paisajística se vuelve monótona tras varias decenas de kilómetros que conectan pequeños poblados y grandes ciudades. Por ello, las familias adineradas prefieren dejar su viaje en manos de la comodidad de los trenes nocturnos, con sus compartimentos privados con aseo y literas, en los que rendirse ante el sueño y abrir los ojos al amanecer a las puertas del paraíso austral. Porque es al llegar al sur cuando el tren toma el trazado ferroviario de la costa, de oeste a este, enlazando los principales destinos de vacaciones hasta detenerse en Salterra, su parada final. Los últimos kilómetros se suceden tras los cristales como una proyección cinematográfica, con colores vibrantes sobre las aguas tranquilas, tratando de dar caza al amanecer a contracorriente. Las vistas al océano son espectaculares, desde los efímeros tonos anaranjados a los azules cristalinos que reflejan sobre las aguas un cielo libre de nubes. La panorámica se entrecorta al atravesar los enclaves costeros favoritos de los norteños para pasar sus vacaciones. Son ciudades marítimas pintorescas, con sus cascos antiguos en los que predominan las fachadas blancas y, a las afueras, imponentes caserones de una belleza digna de admirar desde las ventanillas del tren.

El penúltimo sábado de agosto, el tren nocturno se detiene en la estación central de Salterra a las ocho en punto de la mañana. A pesar de ser temprano, el calor es tan asfixiante como lo sería en Artania en las horas centrales del día más caluroso del año. Sin embargo, los veintiocho grados a la sombra matutina anuncian un día fresco en Salterra, propio de finales de verano.

Valentine y Jeremy son los últimos en bajar del tren y les basta un instante para preguntarse por qué han tardado tantos años en aceptar la invitación de los Straiger para pasar unos días en el sur. Para Valentine, hijo menor del Ministro de Relaciones Internacionales, Richard Ulseth, los veranos han estado dedicados, como cualquier otro día del año, a la carrera política de su padre y sus menesteres. Jeremy Vorans, único hijo de un reconocido arquitecto de Artania, ha sido arrastrado durante sus vacaciones a congresos y eventos en las ciudades más importantes del país y más allá de sus fronteras. Asuntos familiares, academias de verano, viajes al extranjero… la lista de razones que se han entrometido entre el norte y el sur, entre obligación y devoción, es interminable. Sin embargo, su último verano como estudiantes universitarios ha decidido regalarles una semana libre de compromisos para embarcarse en tan ansiado viaje antes de que las responsabilidades de la vida adulta vuelvan a aplazar sus planes.

La brisa extiende el olor característico del océano desde el puerto hasta la estación y el sol les recibe con un resplandor cegador. Es el mismo sol que brilla sobre los tejados del norte y, sin embargo, en el sur lo hace con una intensidad tan deslumbrante que, tras unos escasos segundos sobre el andén, sienten que llevan varios días lejos de Artania, no solo una noche.

Jeremy echa un vistazo a su alrededor. Se ve envuelto por una oleada de veraneantes que visten atuendos estivales, apropiados para un bochorno húmedo que se pega a la piel y a la ropa. Trajes de lino, vestidos de algodón, alpargatas de suela de esparto. Jeremy observa su reflejo en el cristal y se siente ridículo al verse, tanto a sí mismo como a Valentine, ataviados con sus trajes propios del verano de una ciudad del norte porque una borrasca azotaba Artania al arrancar el tren. Valentine no tarda en quitarse la camisa, confiando en que los sureños no estén familiarizados con la existencia de las camisetas interiores. Jeremy se conforma con enrollarse las mangas hasta el codo y se afloja los dos primeros botones del cuello de la camisa.

Jeremy resopla, impaciente, sorteando caras desconocidas. Christopher Straiger no les recibe en el andén, ni se cruza con ellos en las escaleras que conducen al vestíbulo. Y cuando todos los pasajeros se alejan por la puerta que indica la salida y no queda nadie más que ellos y sus maletas de piel junto a los empleados de la compañía de ferrocarril, Christopher sigue sin dar señales de vida. Cargando con el equipaje avanzan por el vestíbulo, con intención de localizar un teléfono público y esperar en un rincón de Salterra más acogedor que una estación de tren prácticamente desierta.

El sol del sur no tiene compasión cuando brilla sobre las calles de Salterra y se ensaña con las pieles norteñas, de un pálido inmaculado, azotándolas con los látigos que penden de sus rayos hasta que adquieren un tono rosado. Cuando Valentine y Jeremy sienten que el calor se vuelve insoportable buscan cobijo a la sombra del edificio. La entrada principal de la estación se encuentra en una amplia avenida de Salterra, repleta de pequeñas cafeterías que empiezan a servir desayunos y comercios que se preparan para abrir sus puertas. Desde allí no se alcanza a ver el mar, pero los constantes alaridos de las gaviotas sobre sus cabezas les recuerdan que no está lejos.

—¿Dónde se ha metido Christopher? —protesta Jeremy mientras consulta su reloj de pulsera por quinta vez en menos de un minuto. Las manecillas se acercan a las ocho y media—. Anotaste el número de teléfono, ¿verdad?

—En la agenda —confirma Valentine, por tercera vez—. Pero estará al fondo de la maleta. Luego llamamos, ahora necesito un cigarrillo.

—Dijo que nos estaría esperando a las ocho en punto —insiste Jeremy.

—Se habrá quedado dormido.

—¿Se le habrá olvidado? Son casi las nueve—exagera. Valentine se encoge de hombros, lo que no tranquiliza lo más mínimo a Jeremy.

Valentine se recuesta contra la pared, sujetando la maleta entre los pies. Jeremy deja la suya a su lado y se mueve por la acera con nerviosismo, desde la pared al bordillo, y vuelta a empezar. Gira la cabeza continuamente a ambos lados, expectante. Incapaz de concentrarse en nada más que en lo lento que se mueven las agujas del reloj, acaba por acomodarse junto a Valentine en la sombra y encenderse un cigarrillo.

—¿Cuántos cafés te has tomado en el vagón restaurante, Jeremy? —bromea Valentine.

—No los suficientes.

—A mí me parece que te has pasado —Valentine señala con la cabeza la mano de Jeremy. El cigarrillo tiembla entre sus dedos, pero la culpa no parece tenerla café.

—No he pegado ojo en toda la noche —se excusa.

Durante el trayecto en tren, sobre esa almohada tan dura como un bloque de hormigón, Jeremy imaginó el reencuentro con Christopher con todo lujo de detalles. Le vio aparecer en el andén, luciendo su mejor traje de verano, los ojos verdes ocultos bajo los cristales oscuros de sus gafas, el pelo aún más rubio que de costumbre, aclarado por el sol del sur. En su visión, Christopher caminaba con distinción entre la gente, sujetando entre los dedos un cigarrillo. Lo dejaba caer para recibir a Jeremy con un abrazo prolongado tras varias semanas sin verse. Pero fuera de su imaginación el reencuentro se retrasa y los nervios de Jeremy se intensifican cada minuto que pasa, cada vez que algo se mueve en la calle o alguien se acerca y, de reojo, cree que es él, pero resulta ser otra figura sin rostro que pasa de largo.

A mitad de su cigarrillo, sin embargo, Jeremy se resigna a aceptar que su fantasía, tan clara y detallada sobre la almohada, no va a cobrar vida en las calles de Salterra. Su sueño se desmorona cuando Scarlet Straiger, la madre de Christopher, aparca su descapotable de color caramelo al otro lado de la calle. Desciende con elegancia y se acerca a ellos cruzando la carretera con aires de celebridad, con paso firme y la barbilla bien alta. Sin esperar a que el semáforo le invite a pasar, se abre paso entre los coches, ignorando los bocinazos. Su atuendo, demasiado recargado para las primeras horas del día, contrasta con las prendas desenfadadas de los habitantes de Salterra y los veraneantes más madrugadores que ya se dirigen a la playa. Lleva un pañuelo de seda en la cabeza protegiendo del viento su melena rubia, cruzado en el cuello y sujeto por detrás con un nudo doble. Los extremos picudos le cuelgan a la espalda y ondean a merced de la brisa al caminar. Bajo la tela se asoma un delicado collar de perlas de dos vueltas. Unas grandes gafas de cristales tintados y montura de concha le cubren los ojos. Lo que más resalta en su rostro son unos labios pintados de rojo oscuro, a juego con sus uñas. Con el bolso colgando del brazo y un cigarrillo recién encendido al final de su boquilla de ébano, Scarlet contonea las caderas, perfiladas por un bonito vestido de color vainilla confeccionado a medida, como si el suelo de Salterra fuera una pasarela de moda bajo sus tacones altos. Dedica una breve sonrisa a los muchachos desde la distancia, a la que Jeremy responde saludando con la mano.

—¿A quién salu...? Maldita sea —murmura Valentine al reparar en Scarlet—. Jeremy, no me dejes solo con ella.

—¿Por qué? —inquiere, confuso.

—¿Cómo que por qué? Está loca, ¿no te has dado cuenta?

—Es simpática.

—Demasiado simpática, ¿no te parece?

—No sé a qué te refieres.

—Fíjate bien —insiste—. A veces da un poco de miedo.

Valentine apaga la colilla apresuradamente y recoge su maleta del suelo, dispuesto a ponerse en marcha lo antes posible. Sin embargo, Scarlet parece oler sus intenciones y le corta el paso. Retira el cigarrillo de la boquilla y lo deja caer al suelo cuando se detiene ante los muchachos. Lo aplasta con la punta del zapato con un movimiento muy refinado. Recibe a Jeremy con un abrazo y dos sonoros y exagerados besos como los que suele intercambiar con sus amigas, mejilla contra mejilla. Repite el numerito con Valentine, pero en el segundo beso tuerce la cara como por accidente y le deja el carmín marcado debajo del pómulo. Valentine se lo retira frotándose la piel con las yemas de los dedos mientras le dedica una mirada de soslayo a Jeremy, que finge atragantarse con el humo del cigarrillo para camuflar una carcajada.

—¡Qué alegría veros por fin en Salterra! —saluda Scarlet, con un entusiasmo fingido tan ensayado que suena genuino—. ¿Habéis tenido un buen viaje?

—Estupendo, señora Straiger. Le agradecemos de corazón su invitación —responde Jeremy. Valentine le da la razón con un movimiento de cabeza.

—Me alegro mucho. ¡Oh, estáis guapísimos! —continúa con su mismo discurso exagerado, mirándolos de arriba a abajo a través de las gafas, como si hubiesen pasado años y no solo unas semanas desde la última vez que se cruzaron en Artania—. Y más que lo vais a estar cuando el sol de Salterra os quite esa blancura del norte.

Les envuelve un breve instante de silencio incómodo,

aliviado por el silbido de un tren de cercanías que hace su entrada en la estación e interrumpe cualquier intento de conversación.

—Valentine, querido, deja que te eche un vistazo más de cerca —Scarlet se baja las gafas con una delicadeza muy sensual hasta la punta de la nariz. Sus ojos verdes quedan al descubierto mientras observa al chico con detenimiento por encima de la montura. El pelo, corto pero abundante, del color del chocolate amargo. Los ojos, más aceitunados que marrones, apenas visibles bajo su ceño fruncido para protegerse de la claridad cegadora del sur. La mandíbula marcando el contorno de un rostro de proporciones perfectas que le trae a Scarlet recuerdos de su juventud—. Cada día te pareces más a tu padre cuando tenía tu edad. ¡Richard Ulseth era un muchacho tan apuesto! Las jovencitas de Castierra tienen que perder los estribos cuando te ven en la universidad.

Scarlet le dedica una amplia sonrisa mientras le coge del brazo y le incita a caminar a su lado de vuelta al coche, prácticamente arrastrándole. Valentine le devuelve una media sonrisa forzada y se gira hacia Jeremy, incómodo.

—Socorro —le pide ayuda, moviendo los labios en silencio.

Jeremy recoge la maleta del suelo y, sin poner empeño alguno en contener la risa, les da alcance en un par de zancadas.

—Señora Straiger, ¿cómo es que se ha tomado la molestia de venir a recibirnos? —se interesa Jeremy—. Creíamos que sería Christopher quien…

—Ah, no me hables de Christopher —interrumpe—. He tenido suficiente por hoy y no es ni la hora del aperitivo. Ya sabéis cómo es.

—¿Se ha dormido? —insiste Jeremy.

—Algo así. Esta mañana no se encontraba demasiado bien para conducir hasta aquí —se disculpa—. Pero que no os dé lástima, él solito se lo ha buscado. Unos vecinos dieron una fiesta anoche y a Christopher se le fue de las manos… En fin, no creo que le veáis en toda la mañana.

Los dos se buscan con la mirada y sacuden la cabeza. Los ojos de Jeremy están cargados de decepción al comprender que su ansiado reencuentro se retrasa aún más.

—No os preocupéis demasiado, no es nada que no solucionen unas cuantas visitas al cuarto de baño. Ya le conocéis, estará como nuevo para la fiesta del club náutico a la que os quiere llevar esta noche —continúa—. Podéis pasar el día en la piscina o bajar a la playa, lo que más os apetezca. Sentíos como en vuestra propia casa.

DOMINGO, 24 DE AGOSTO

CAPÍTULO 2

La residencia de veraneo de los Straiger se ubica a las afueras de Salterra, en un tranquilo barrio del este que amanece sumido en un silencio lúgubre tras la acalorada fiesta en el club náutico. Se alargó hasta bien entrada la madrugada del domingo y se trasladó después a las inmediaciones del puerto. Fue alrededor de las tres cuando los guardias de seguridad despejaron la zona y todos los veraneantes fueron poco a poco regresando a sus casas y hoteles.

Imponentes caserones se alinean siguiendo el curso de la carretera de la costa, que serpentea prácticamente al borde de los acantilados blancos y conecta Salterra con la localidad vecina más próxima. La mansión de los Straiger es una edificación antigua, restaurada y pintada de blanco. Su fachada contrasta con los tejados negros a dos aguas, que respetan el legado sombrío de sus antiguos inquilinos. Los amplios ventanales de sus tres alturas reflejan los tonos azules del mar y del cielo. El jardín se extiende varias decenas de metros a ambos lados de la casa, marcando una inquebrantable intimidad entre su propiedad y las de sus vecinos con sus barreras de piedra y hierro, de arbustos y árboles frondosos. Por la parte trasera el jardín es aún más amplio. El césped se ensancha hasta fundirse con la vegetación salvaje que crece al otro lado del muro que delimita la propiedad. El principal atractivo es su piscina descubierta, de líneas curvas y con un tentador trampolín sobre su parte más profunda. Las tumbonas están colocadas en fila muy cerca del bordillo, orientadas a la trayectoria que sigue el sol. Junto a la casa, el suelo de piedra se extiende varios metros antes de dejarse engullir por el césped. Lo decoran varias sillas de hierro y una mesita a juego, cobijadas por la sombra que proyecta un toldo de lona.

A diferencia de sus amigos, que regresaron en taxi de madrugada, Christopher no se digna a aparecer por la mansión hasta las nueve y media de la mañana. Tras una ducha rápida, se pasea frente a la mesa del jardín en bañador, ignorando los restos del desayuno que quedan esparcidos sobre ella y decidiendo a través de sus gafas oscuras qué bebida debería rellenar su siguiente copa. Scarlet sale al jardín por la puerta trasera que conecta con la cocina en el mismo instante en que Christopher abre una botella de whisky. Su taconeo acelerado y su fragancia afrutada delatan su presencia antes de saludar. Enfundada en su vestido de rayas marineras corretea nerviosamente alrededor de Christopher, revolviendo las sillas, levantando los cojines y toqueteando todo cuanto hay sobre la mesa. Christopher ni siquiera le dedica una mirada fugaz por el rabillo del ojo, poniendo toda su concentración en servirse una copa.

—¿No te parece que es demasiado temprano para empezar a beber, Christopher? —le reprende su madre—. No son ni las diez.

—Es un poco tarde para dejarlo, mamá —aclara—. Empecé anoche en el club y aún no he parado.

—No sé qué voy a hacer contigo, jovencito —Scarlet deja escapar un suspiro mientras le mira con expresión autoritaria, con las manos en jarras, firmes sobre sus caderas—. ¿Has visto por aquí mis cigarrillos? No sé dónde demonios he dejado esa condenada pitillera.

—Aquí no están —responde—. Busca en el salón.

—Doris ha buscado por toda la casa —confiesa—. Maldición, se los habrá llevado tu padre. ¿Serías tan amable de darme uno de los tuyos?

Christopher le tiende de malos modos una de las cajetillas que encuentra sobre la mesa, medio vacía. Scarlet saca uno de los cigarrillos con nerviosismo y se lo cuelga directamente de los labios, sin hacer uso de su boquilla de ébano. La cajetilla se la guarda en el bolso ante la mirada de fastidio de Christopher. Scarlet ignora las cerillas que hay junto al cenicero y rebusca en el fondo de su bolso hasta dar con un encendedor de plata que tiene las iniciales de su marido grabadas en ambos laterales.

—Dame fuego —le pide Christopher, señalando al cigarrillo que sostiene entre los labios—. ¿Dónde está papá?

—¿Por qué lo preguntas? ¿Necesitas más dinero?

—Eso también —responde, por costumbre—. Pero quería tomarle prestado el coche esta tarde.

—No va a poder ser porque se lo ha llevado esta mañana al puerto —Christopher levanta una ceja, esperando una explicación más extensa. Scarlet prosigue tras expulsar el humo por la comisura, con mucha delicadeza—. Estará de vuelta para la fiesta, pero ha insistido en que no le esperemos para comer porque iba a salir en barco con nuestro nuevo vecino.

—¿Le conozco?

—Bernard Mayerd.

—No me suena.

—Te sonaría si me escucharas cuando te hablo. En fin, es posible que le hayas visto paseando a ese perro de caza que tienen. No te preocupes, haremos las presentaciones formales esta noche en la fiesta. No sé qué demonios se te ha perdido en el pueblo precisamente hoy, pero te agradecería que no llegaras tarde —le recuerda—. Los Mayerd tienen dos hijas de tu edad que acaban de llegar de la capital. Espero que te comportes como un caballero con ellas.

—Siempre lo hago, he aprendido del mejor —sentencia, con su sonrisa más desvergonzada esculpida en la cara. Scarlet sacude la cabeza, muy seria, pero solo consigue que la expresión de su hijo se vuelva aún más descarada—. ¿Me dejas tu coche, mamá?

—De eso nada, Christopher. ¿Cómo te atreves siquiera a insinuar semejante estupidez? —responde, sin meditar su respuesta ni una mísera fracción de segundo. Él le dedica una mirada tediosa que Scarlet es capaz de captar incluso al otro lado de los cristales oscuros que le cubren los ojos—. No me mires así. ¿Tengo que recordarte el estado en que me lo devolviste la última vez?

—No lo quiero para eso —aclara—. No he quedado con ninguna chica esta tarde.

—No importa con quién hayas quedado, la respuesta sigue siendo la misma. ¿Por qué no pides un taxi?

—Déjalo, ya iremos otro día cuando papá me deje el coche.

Christopher frunce el ceño y, cargando con su copa y uno de los ceniceros, se aleja hacia la piscina sin despedirse. Se acomoda en una de las tumbonas junto a la piscina a terminarse su cigarrillo. Scarlet le vuelve la espalda y extingue la colilla en el cenicero, aplastándola con suaves movimientos circulares contra el fondo. Se sirve de uno de los cristales de la cocina como espejo para retocarse el recogido y comprobar que el carmín sigue en su sitio tras el cigarrillo.

—¡Por todos los demonios, Christopher! —brama al reparar en él.

A través de su reflejo le ve, completamente desnudo, recostándose boca abajo en la tumbona sobre una toalla blanca que resalta su bronceado. Christopher ignora los gritos de su madre y ni siquiera se vuelve hacia ella. Scarlet se desprende apresuradamente de las sandalias y cruza descalza el césped hasta detenerse junto a él, bloqueándole el sol.

—¿Quieres hacer el favor de taparte un poco? —Scarlet le tira una toalla encima que le cubre las nalgas, pero él se la sacude hasta que resbala sobre su piel y cae al suelo—. No estás tú solo en la casa, te recuerdo que tienes invitados esta semana.

—No me gusta que me queden marcas, mamá —protesta—. Muévete un poco, me estás dando sombra.

—Ya estás bastante moreno. Por unas horas que te pongas al sol en bañador no va a pasarte nada.

Sin hacer amago de cambiar de postura, Christopher emite un gruñido como respuesta.

—¿Vas al pueblo, mamá?

—Tengo una reserva en el salón de belleza del club náutico. Espero estar de vuelta para las dos —aclara—. Doris está adecentando el despacho de tu padre y a las once empezarán los preparativos para la fiesta. No desesperéis mucho a Doris, hazme el favor. No va a ser fácil reemplazarla a unos días de volver a Artania. Y vístete de una vez, tampoco quiero que le dé un síncope si te ve así.

—Cómprame cigarrillos.

Scarlet deja escapar un suspiro de resignación y se aleja hacia el garaje bordeando el jardín con las sandalias de tacón en la mano.

Valentine y Jeremy salen de sus dormitorios de invitados pasadas las once y bajan al jardín, dispuestos a disfrutar de la piscina de los Straiger por segundo día. Atraviesan la casa en bañador y chancletas, rememorando anécdotas de la noche anterior. Al cruzar la puerta de la cocina, Jeremy se detiene en seco ante una visión que parece haber escapado de sus escritos más íntimos para cobrar vida sin previo aviso. Sus ojos se clavan en el cuerpo desnudo de Christopher, de espaldas a la casa y ajeno a su presencia. A Jeremy las palabras se le atascan al fondo de la garganta al reparar en detalles de la anatomía de su amigo que solo había visto con los ojos de su imaginación, de forma muy difusa y, a su vez, glorificada. Y, sin embargo, la realidad supera las expectativas de Jeremy con unos glúteos firmes y un bronceado impecable, sin una marca, como si ese tostado veraniego fuera el color natural de la piel de Christopher.

Jeremy no reacciona, ni sigue la conversación, hipnotizado por los movimientos de Christopher mientras se sube el bañador desde las rodillas hasta que le cubre las nalgas. Es cuando vuelve en sí que se da cuenta de que no es solo su mirada, fija en la silueta de Christopher, lo que le delata. Valentine arquea una ceja y le observa extrañado. A Jeremy se le corta la respiración al sentir que su diminuto bañador de lycra se aferra a partes de su cuerpo que deberían pasar desapercibidas a plena luz del día. Trata de cubrirse con la camiseta, pero el algodón deja de ceder al llegar justo por debajo del hueso de la cadera.

—Ahora vengo —se excusa ante Valentine y, volviéndole la espalda rápidamente, se adentra a pasos agigantados en la casa.

Valentine sacude la cabeza y avanza por el jardín en dirección a Christopher, que le recibe con el bañador ya puesto y un vaso de whisky a medias en la mano.

—Sírvete una copa —le ofrece, señalando la mesa del desayuno—. Hay cervezas en el frigorífico, si prefieres algo más suave.

—Me acabo de despertar —Valentine desvía la mirada hacia su reloj de pulsera, desorientado.

—No veo cuál es el problema.

—Ni siquiera hemos desayunado. Es pronto para empezar a beber, ¿no crees?

—Yo no he dejado de hacerlo desde anoche —presume, ante la mirada escéptica de Valentine—. Estoy intentando retrasar la resaca.

—¿Y eso funciona?

—Según lo mires —admite, y hace una pausa para sorber de su bebida—. Tengo el estómago un poco revuelto, pero nada preocupante. Te diré mañana cuando me levante si merece la pena.

Jeremy regresa poco después, luciendo un bañador mucho más holgado y menos indiscreto. Se echa encima un albornoz y lo ata bien prieto a la cintura con un nudo doble mientras recorre el camino que le separa de la piscina. Jeremy respira aliviado cuando se planta delante de sus amigos y Valentine no comenta nada de su incidente ni le dedica ninguna mueca burlona. Unas gafas de cristales oscuros le cubren los ojos y, con suerte, también cubrirán las miradas inoportunas que se desvíen sin su consentimiento. Sabe que volverá a ocurrir a lo largo de las vacaciones. Cada vez que Christopher se quite la camiseta y deje al descubierto su torso firme, ahora además bronceado. Cuando se acomode en la tumbona y tenga su cuerpo prácticamente desnudo a escasos centímetros de sus ojos. Cuando salga de la piscina y el agua le gotee por el centro de la espalda hasta perderse en la cintura del bañador. Cuando se baje las gafas hasta la punta de la nariz y el sol refuerce el color verde de sus ojos.

—¿Qué te pasa, Jeremy? ¿Te da alergia el sol del sur? —bromea Christopher antes de terminarse el whisky de un trago—. Quítate ese abrigo y ven a darte un baño con nosotros.

CAPÍTULO 3

Las fiestas de despedida del verano de Salterra son conocidas en toda la región. La festividad oficial tiene lugar en las calles de la ciudad. Sin embargo, las fiestas privadas y exclusivas se suceden noche tras noche en las mansiones de las familias adineradas desde mediados de mes.

Scarlet recorre la casa desde las cuatro de la tarde asegurándose de que todo está en orden. Y desde las siete lo hace enfundada en su vestido de fiesta, correteando de un lado para otro en sus zapatos de tacón alto con tanta gracilidad como lo habría hecho en su juventud sobre un escenario con sus zapatillas de ballet. Cuida hasta el más mínimo detalle, desde las flores frescas que decoran el recibidor y los salones, a los canapés y las bebidas para sus invitados. El servicio estrena uniformes, elegantes e impolutos, para la ocasión. La banda de música se prepara para el espectáculo calentando sus instrumentos en torno al piano de cola del gran salón del primer piso. La reputación de su apellido depende de que la noche roce la perfección. O la supere.

Scarlet se detiene frente a uno de los espejos del recibidor distraída por su propio reflejo. El recogido sigue intacto y la gargantilla de diamantes, camuflando a la perfección las incipientes arrugas del cuello que delatarían su verdadera edad, emite destellos azulados bajo la luz artificial de la lámpara de araña. El carmín de sus labios pierde intensidad en el centro, donde ha posado la boquilla con la que fuma sus cigarrillos. Decide retocárselo después de dar un último repaso a cada rincón de la casa, en esta ocasión acompañada de una copa de vino blanco.

Los invitados comienzan a llegar poco antes del atardecer. Pendiente de repartir saludos dramatizados a todo el que cruza la puerta principal, Scarlet se pasea de un lado a otro del vestíbulo. Su vestido blanco, a juego con las flores que adornan la casa, resalta entre las notas de colores atrevidos que aportan sus invitados. Al girarse para indicar a una pareja el camino al salón principal de la primera planta, Scarlet repara en Christopher y sus amigos. Los ve bajar la escalinata con sus trajes de fiesta y respira aliviada al comprobar que, a pesar de llevar una copa en cada mano, su hijo se ha arreglado para la ocasión. Scarlet descuida sus obligaciones de anfitriona y se acerca a ellos, serpenteando entre los grupitos de gente dispersos por el recibidor. Observa a los tres chicos con detenimiento, aguardando al pie de la escalera, fascinada por el parecido con sus progenitores. Por un instante le invade una sensación de nostalgia que le transporta a su adolescencia en Artania. Es esa Scarlet de quince años quien le arrebata a Christopher una de las copas. Bebe el licor de un trago, sin su habitual sensualidad y sin saborearlo, pero posa el vaso vacío con elegancia en la bandeja de un camarero que pasa a su lado. Es esa misma Scarlet adolescente quien le ajusta a Valentine una pajarita perfectamente recta y centrada con la excusa de que la lleva ligeramente torcida. Él mantiene la compostura, pero le rehúye la mirada, tenso e incómodo. Jeremy disimula las ganas de reírse sorbiendo de su copa. Christopher, en cambio, no repara en el detalle porque se muestra más interesado en una familia que acaba de cruzar la puerta. Son tres, madre e hijas, a las que no recuerda haber visto jamás. Rastrean el vestíbulo con la mirada en busca de una cara conocida que les reciba en una casa que nunca han visitado. La mujer desprende el encanto de una actriz de cine venida a menos. Sus rasgos evocan una belleza envidiable en su juventud, echada a perder por cantidades desmedidas de tabaco y de alcohol mezclado con pastillas para dormir, demasiadas horas tostándose al sol y un matrimonio infeliz. Las dos muchachas reflejan la belleza de la madre, cada una a su manera. La mayor lo lleva en la sonrisa, la parte dulce y reservada. La más joven, por el contrario, lo lleva en la mirada, la parte rebelde y ardiente. La esconde bajo una máscara de inocencia que luce con destreza pero que se hace pedazos en cuanto los ojos de Christopher se cruzan en su camino.

—¡Martha, me alegro tanto de verte! —Scarlet la recibe con la misma efusividad fingida que al resto de sus invitados—. ¿Y Bernard? ¿No viene contigo?

—Oh, querida, ¡qué más quisiera! Pero no es tan sencillo librarse de él. Lo he intentado, créeme —bromea y acompaña sus palabras con unos gestos igualmente falsos—. Está en el garaje con tu marido. Ese descapotable de dos plazas le tiene fascinado, ya sabes cómo son estos hombres.

Las dos mujeres ríen al unísono y concluyen su saludo exagerado con los besos de rigor en las mejillas. Scarlet también reparte besos a las dos muchachas antes de hacerle un sutil gesto a Christopher para que se acerque. Él se da impulso con un trago a su copa y avanza hacia ellas con elegancia, ahogando en el fondo del vaso lo poco que disfruta de las formalidades.

—Este es Christopher, el mayor —Scarlet comienza las presentaciones.

—Encantada —la señora Mayerd le tiende la mano, luciendo su sonrisa más amplia.

—El placer es mío —responde, y corona sus palabras con un beso sobre los dedos de la mujer.

Christopher se presenta a las muchachas con una galantería ensayada, tan acostumbrado a interpretarla que fluye con naturalidad. Alicia le saluda por educación, con unos modales impecables, pero sin ningún interés más allá de lo puramente cortés. La mirada se le desvía tímidamente hacia la escalinata. Minerva, en cambio, se deja enredar en el juego tentador de Christopher. Sus palabras y sus gestos muestran la clase de comportamiento que su madre espera de una señorita a punto de cumplir la mayoría de edad, pero su mirada le regala a Christopher algo más que un saludo atento: una promesa en forma de provocación.

—Mi hijo Nicholas está pasando unas semanas en el norte, en la casa de campo de la familia de la muchachita con la que sale —se excusa Scarlet—. Me habría gustado tanto que le conocieras, Martha, es un chico maravilloso.

—Ya habrá más veranos, querida —la señora Mayerd le quita importancia y desvía la mirada hacia el final de la escalera—. ¿Y qué me dices de esos muchachos tan encantadores?

—No son hijos míos, pero como si fueran parte de la familia. Valentine, Jeremy —Scarlet se vuelve hacia ellos, girándose sobre sus zapatos de tacón—. Acercaos a saludar a Martha Mayerd y sus hijas.

Las presentaciones se suceden con la misma formalidad, pero en esta ocasión los papeles se invierten. Minerva saluda sin particular interés. Alicia, repentinamente sonrojada.

—Venid conmigo, queridas, os enseñaré la casa antes de que vuelvan los hombres —se ofrece Scarlet, tomando a la señora Mayerd del brazo y marcando el camino escaleras arriba—. Hay varias personas por aquí a las que les encantaría conoceros.

Las cuatro se pierden de vista en el piso superior. Las dos muchachas les dedican unas miradas con disimulo a través del hueco de la escalera.

La fiesta transcurre como cualquier otra. Las carcajadas no cesan. Las conversaciones se vuelven más banales a medida que avanza la noche. La comida no deja de llegar, en forma de canapés de lo más exquisito. La bebida no tiene intención de terminarse y las copas que los invitados sostienen en las manos parecen rellenarse solas. Los más valientes y los más ebrios se aventuran a refrescarse en las profundidades de la piscina. La música invita a bailar cuando las horas más oscuras de la noche se les echan encima. La temperatura cae por debajo de los veinticinco grados y la brisa refresca la casa, una excusa perfecta para resguardarse entre los brazos de alguien que también busque calor. Llegada la medianoche, el alcohol toma el control de la pista de baile improvisada en el amplio salón del primer piso.

Valentine se refugia en la terraza, huyendo de la habilidad de Scarlet para aparecer a su lado cada vez que la banda comienza a tocar una pieza lenta. Jeremy le acompaña y se escuda en la oscuridad de la noche para desviar la mirada al interior de la casa y posarla en Christopher. Se imagina que sus ojos, barriendo la pista por encima de la copa que sostiene en la mano, buscan los suyos para estrecharle entre sus brazos al son de una canción romántica que la banda interpreta con mucho sentimiento.

Christopher recorre la estancia con la mirada por última vez, pero los ojos que busca no son los de Jeremy. No consigue dar con Minerva entre los presentes. Ni rastro de su melena oscura ni de su vestido azul. Acaba por atravesar la pista de baile con una nueva copa en la mano hasta reunirse con sus amigos en la terraza. La brisa es fresca y agradable. La música se funde con el rugir de las olas al pie de los acantilados. Disfrutan de la panorámica lo que tardan en fumar un par de cigarrillos antes de probar suerte en la planta baja.

Encuentran a Minerva en la parte trasera de la casa, con un grupo de jovencitas congregadas en torno a la mesa del jardín. Christopher reconoce algunas de sus caras, de otras fiestas o del club náutico. Como si alguien al pasar hubiera arrancado sin piedad el cable de un aparato de radio, las chicas se quedan en silencio al verlos llegar. Es una calma repentina y tensa, como si la tertulia insulsa que interrumpen con su presencia les tuviera a ellos por protagonistas. Valentine y Jeremy se mantienen al margen cuando Christopher empieza a desplegar sus encantos. Comienza con una sonrisa desafiante mientras se quita la chaqueta y se la tiende a Jeremy. Él la estrecha entre sus brazos, a la altura de un corazón que se acelera y se descascarilla al mismo tiempo cuando le ve avanzar hacia Minerva. Christopher no se deja intimidar por las chicas que la acompañan, ni las miradas fijas en él, ni los secretos que se susurran unas a otras. La forma en que reacciona Minerva es una victoria en sí misma. Ella retira la mirada prácticamente en el momento en que sus ojos se cruzan en el umbral de la puerta que da a la cocina y permanece impasible en su silla, con la espalda muy recta mientras fuma nerviosamente un cigarrillo. Intercala caladas cortas con sorbitos rápidos a su copa prácticamente vacía mientras hace un esfuerzo por ignorar la presencia de Christopher, tan cerca de su espalda que un escalofrío le recorre todo el cuerpo. Le delata la sombra que proyecta sobre la mesa a la luz de las lamparitas del jardín, y esa esencia que desprende al pasar, una mezcla de colonia cara y humo de tabaco. Se agacha tras ella y apoya los brazos en el respaldo de la silla, rozándole la espalda descubierta con las mangas de la camisa. Minerva contiene una sonrisa nerviosa cuando siente su respiración tan cerca. Puede notar su aliento acariciándole el cuello, pero no se vuelve hacia él. A su alrededor, las voces de sus amigas se vuelven vagas, incoherentes. Solo presta atención a los movimientos de Christopher. Son tan sutiles que hacen que la tensión entre ellos se infle tanto que solo necesite un suspiro para estallar.

En el piso superior, los ventanales abiertos de par en par dejan escapar la música de la banda que, con gran destreza, disuelve una animada pieza de *twist* en una melodía lenta, íntima. Minerva se contagia por su ritmo y mece los hombros sin despegarse de la silla.

—Ven, bailemos —le susurra Christopher al oído.

—Esta canción es demasiado lenta —responde en voz baja, sin girar la cabeza, con la vista fija en un punto oscuro que se pierde en las profundidades del jardín.

—Son las únicas que merece la pena bailar —insiste.

—Creo que mis padres aún están por aquí.

—No he dicho nada de bailar en el salón delante de todos.

Christopher se incorpora y posa la copa vacía sobre la mesa. Se planta junto a Minerva, buscando unos ojos que ya no le rehúyen la mirada, y le tiende la mano. Minerva duda por un instante, sintiendo en la sien la atenta mirada de las chicas que la acompañan. Intercambian miraditas y risas tímidas entre ellas, y cuchicheos al oído que creen disimular tapándose la boca con los dedos. Minerva acaba por aceptar el gesto, aprovechando que su hermana aún no ha regresado del cuarto de baño. Apaga la colilla en el cenicero y, sin dejar de mirar a Christopher a los ojos, se levanta con un impulso. La tela vaporosa de su vestido azul y el cabello recogido, decorado con una flor sintética del mismo color, le da un aspecto puro y angelical. Contrasta con el fuego que perfila su mirada cuando la lamparita del jardín se refleja en sus pupilas. Da un par de pasos rápidos de la mano de Christopher y el alcohol parece hacer efecto, de golpe. Le hace perder el equilibrio sobre sus sandalias de tacón, pero lo disimula aferrándose con fuerza al brazo de Christopher mientras se apartan a un rincón algo más discreto. Sus sandalias se hunden en el césped y le resulta complicado caminar sobre una superficie tan irregular. Son las manos de Christopher, que la sujetan de la cintura, lo que hacen que no caiga al suelo cada vez que se tuercen los tobillos. Se detienen lejos de la puerta que conduce a la cocina, pero no lo suficientemente apartados como para librarse de las miradas curiosas de sus amigos y de los invitados que se aglomeran en torno a la piscina. La música se escucha vagamente en esa parte del jardín, como un silbido que la brisa les tararea al oído. Sintiéndose libre entre los brazos de Christopher, Minerva se quita la careta de niña buena que lleva luciendo toda la tarde. El adorno del pelo cae sobre el césped. El recogido se deshace en una espesa melena que le cuelga hasta media espalda. Ella le rodea el cuello con los brazos y se deja llevar, al ritmo de la música y de sus caricias. La falda fluye entre las manos de Christopher como una cascada de agua cada vez que contonea las caderas. Los movimientos de sus pies son torpes y descontrolados sobre unos tobillos inestables, pero sus ojos no se pierden de vista.

—¿Es así como bailáis en el norte? —pregunta cuando siente los dedos de Christopher sobre las nalgas.

—No, en el norte nos acercamos más —corrige, acortando con un rápido movimiento la escasa distancia que les separa. Sus narices se rozan y los labios quedan tan cerca que la tentación de juntarlos es difícil de resistir—. Y no hablamos tanto.

Se olvidan del baile cuando sus bocas se encuentran. La música se ve aplastada por sus risas ahogadas. La banda interpreta una canción rápida que invita a despegarse y corretear por la pista de baile. Pero, desde el jardín, ellos solo siguen el ritmo que marcan sus labios.

—Minerva, ¿qué crees que estás haciendo? —interrumpe la voz de Alicia—. Papá podría verte, te va a matar.

Minerva se separa de Christopher, lo justo para dedicarle una mueca de fastidio a su hermana. No es capaz de mantenerla más de unos segundos porque el vino hace que su gesto se relaje y acabe por sonreír.

—No tiene por qué enterarse si no le decimos nada.

—Ven conmigo, ya has bebido suficiente —insiste—. Tengo que meterte la cabeza debajo del grifo antes de que papá se dé cuenta de que estás tan borracha.

—No seas aguafiestas —le reprocha, aferrándose con más fuerza al pecho de Christopher—. Solo he tomado una copa.

—Claro, una copa detrás de otra —aclara, con un suspiro que sigue a sus ojos en blanco—. Mírate, ni siquiera te tienes en pie.

—¿Y eso qué importa? Él me sujeta —Minerva se vuelve a girar con torpeza, buscando los labios del muchacho—. ¿Verdad, Christopher?

Minerva pierde el equilibrio al ponerse de puntillas, pero Christopher detiene la caída con toda la agilidad que le dejan las copas que se ha tomado. Su mano, muy por debajo de la cintura de Minerva, hace que Alicia se desespere. Se acerca a su hermana y tira con fuerza de su brazo, alejándola de Christopher. Él no se resiste, ni intenta separarlas. Se limita a observar la escena con una sonrisa insolente mientras saca la pitillera del bolsillo y enciende un cigarrillo.

—Veo que tenéis asuntos familiares que solucionar entre vosotras —se excusa—. Voy a por una copa.

—Tráeme otra, ¿te importa? De vino blanco —le pide Minerva. Intenta zafarse de su hermana, pero los efectos del vino vuelven sus movimientos débiles y torpes y solo consigue tambalearse sobre sus sandalias hasta caer de rodillas sobre el césped.

—¡Ni se te ocurra! —grita Alicia.

Pero Christopher ya no las escucha y desaparece hacia el interior de la casa junto a sus amigos.

LUNES, 25 DE AGOSTO

CAPÍTULO 4

La mañana del último lunes de agosto comienza casi a mediodía y sin despertador en la residencia de los Straiger, pero lo hace con una agitada reprimenda de Scarlet a Christopher. Su paciencia se termina cuando Doris regresa por cuarta vez para comunicarle que Christopher no parece tener intención de salir de la cama y unirse a ellos para desayunar. Scarlet se presenta personalmente en el dormitorio de su hijo y le despierta descorriendo las cortinas sin compasión, para dejar que los rayos de sol se ensucien las manos por ella. Christopher suelta un gruñido ronco en cuanto la claridad le acuchilla, sin piedad, los párpados. Busca a tientas la sábana para cubrirse hasta la frente y seguir durmiendo, pero no consigue dar con ella porque cuelga fuera del colchón y Scarlet la tiene aprisionada con firmeza bajo los tacones de sus sandalias.

Ignorando las protestas de Christopher, que asegura tener la peor resaca de su vida, Scarlet se pasea por la habitación hablando prácticamente a gritos hasta que consigue sacarle de la cama. Sin embargo, Christopher no se acerca al armario para adecentarse, ni se dirige a las escaleras que llevan al jardín, donde los demás les esperan sentados en torno a la mesa. En su lugar, corre hacia el cuarto de baño. No pierde el tiempo entornando la puerta y, desde el pasillo, Scarlet le escucha vomitar violentamente.

—¿A dónde crees que vas, Christopher? —le aborda cuando sale del baño y hace amago de atravesar de nuevo el pasillo en dirección al dormitorio.

—¿A ti qué te parece? —responde con un susurro ronco.

—De eso nada, jovencito. El desayuno está servido y todos están esperándote.

Después de otro rapapolvo de Scarlet durante el desayuno, Christopher se resigna a acercar a sus amigos hasta el centro del pueblo en coche. Pero lo hace desganado y sin apenas pronunciar palabra en los escasos diez minutos de trayecto, concentrado en mantener bajo control las consecuencias de las seis últimas copas que no debería haber tomado de madrugada. Los analgésicos y la infusión que le ha preparado Doris no parecen hacer efecto. Cada vez que toma una curva cerrada o el asfalto se hunde en un bache y da un bote en el asiento, el dolor de cabeza le taladra las sienes y los restos de vino le apuñalan el estómago.

Encuentra una plaza de aparcamiento a la sombra, en una calle cercana al puerto. Para Christopher, acostumbrado a pasar los meses de agosto en el sur, el casco antiguo de Salterra no tiene ningún tipo de atractivo ni interés. En cambio, Valentine y Jeremy bajan del coche fascinados por las vistas. Las casitas blancas se suceden desde lo alto del acantilado hasta el puerto, entrecortadas por carreteras antiguas, sin asfaltar, de adoquines irregulares. La tranquilidad que transmite su paleta de colores, intensificada por la claridad de un cielo sin nubes, desprende a cualquiera de las preocupaciones que arrastre desde su ciudad natal. Es el encanto de los pueblos del sur.

Huelen a vacaciones, a un merecido descanso lejos de los cielos encapotados y los edificios cenicientos de Artania.

Sin embargo, Salterra no tiene el atractivo cultural de las ciudades más importantes del norte. Su encanto se encuentra en los detalles. El faro pintado de rojo. Los acantilados blancos donde acaba la civilización, enmarcando pequeñas calas de arena fina y aguas cristalinas. La mayoría son de difícil acceso, tentadoramente íntimas. Su playa de renombre se extiende por kilómetros y atrae a familias de los lugares más recónditos del país, espolvoreada con una arena tan fina que prácticamente se deshace al contacto con la piel. A diferencia de los pueblos pesqueros del norte, su especialidad son los helados y granizados y las actividades acuáticas de recreo. El característico olor a pescado fresco queda sustituido por el aroma dulzón que se escapa desde los establecimientos de comida.

Los tres muchachos se alejan de las callejuelas empinadas que marcan el camino a los barrios residenciales de clase media y descienden hacia el puerto, por una calle igualmente estrecha y pintoresca. Los balcones de madera están adornados con cestos de los que cuelgan flores de colores. A medida que se acercan al puerto aumentan las cafeterías y restaurantes y los establecimientos de delicias autóctonas y de todo tipo de artículos. También aumentan las voces y el murmullo que envuelve sus conversaciones. El paseo y sus inmediaciones están repletos de tiendas de lo más variadas, cafeterías y heladerías. Tienen mesitas de madera sobre las aceras, todas ellas al completo allí donde les cobija la sombra ahora que el sol brilla en lo más alto del cielo. Demasiado temprano para la comida principal del día, los veraneantes calman su sed con cervezas frías, refrescos y granizados.

Los muchachos se detienen en un establecimiento de prensa que también vende *souvenirs* de la zona. Jeremy se entretiene en el expositor de las postales, haciéndolo girar sobre sí mismo una y otra vez, como si esperara que los diseños cambiaran con cada vuelta que da. Consciente de que Jeremy se lo toma con calma, Christopher recuesta la espalda contra la pared del edificio, aprovechando la sombra que proyecta el toldo de rayas azules y blancas. Con los brazos cruzados y el ceño fruncido bajo las gafas de sol, observa a Jeremy con impaciencia. Cada vez que parece decidirse por una postal, la deja en su sitio cuando el expositor completa una vuelta, y se sume de nuevo en una espiral de indecisión. El proceso se repite más de nueve veces en lo que Christopher y Valentine tardan en fumarse un cigarrillo.

—Decídete ya, Jeremy. Tengo una resaca tremenda y quiero volver a casa cuanto antes —le insta Christopher con aires de fastidio mientras aplasta la colilla contra el suelo—. Son todas iguales, no sé por qué te cuesta tanto elegir una.

—Es importante —responde, sin despegar la vista del expositor. Tiene una postal en blanco y negro en la mano y la vuelve a colocar en el mueble, para desesperación de Christopher, antes de acabar la frase—. La postal dice mucho de uno mismo y se nota si se ha escogido con prisas y sin interés.

—Cualquiera diría que tienes una novia por correspondencia —bromea Christopher—. A tu madre no le va a importar que elijas una postal al azar, te va a querer igual.

—No es para mi madre.

—¿Para quién es? —pregunta Valentine, imaginándose la respuesta.

—Para Leara —confirma Jeremy, mientras le muestra una postal del primer plano de una gaviota. Valentine niega con la cabeza.

Christopher pone los ojos en blanco como respuesta a la mención de Leara Grauser, pero el gesto queda eclipsado por los cristales oscuros de sus gafas. Valentine, en cambio, muestra un repentino interés en las postales y se acerca hasta el expositor. La mayoría son diseños recargados, postales tradicionales de destino de veraneo, sin ningún tipo de esfuerzo dedicado a la disposición de los elementos. Jeremy selecciona tres que son ligeramente diferentes, pero aún se muestra indeciso. Valentine echa un vistazo rápido y sacude la cabeza al darse cuenta de que ninguna representa la esencia de Leara. Risueña y fantasiosa, pero siempre alerta debido a las brumas de su pasado. Solitaria y reservada, pero dispuesta a ayudar a los demás cuando más lo necesitan.

—Ninguna de esas. La del faro —sugiere Valentine, señalando una postal que pasa desapercibida en la fila interior del mueble. Se agacha y la observa de cerca antes de tendérsela a Jeremy—. Me gustan los colores, y la composición tiene un aire romántico y nostálgico al mismo tiempo, ¿no te parece?

Jeremy asiente.

—¿Hablas en serio, Val? —se entromete Christopher—. Eres tan cursi que me están dando ganas de vomitar.

—¿No será por todo lo que llevas bebiendo desde que llegamos? —increpa Valentine.

—Eso también tendrá algo que ver, el estómago me está matando —admite, mientras se masajea el abdomen por debajo de la camisa de lino a medio abotonar. Jeremy le observa con disimulo desde el mueble expositor, alternando miradas a su estómago descubierto con otras, mucho más breves, a la postal del faro que tiene delante y a la que apenas presta atención—. Daos prisa, me encuentro verdaderamente mal. Preferiría pasar la resaca agonizando junto a la piscina.

Cuando Christopher vuelve a estirarse la camisa, Jeremy se centra de nuevo en las postales.

—Perfecto —sentencia, decidiéndose por la postal que le tiende Valentine—. El faro. Tienes razón, a Leara le gustará.

—Salúdala de mi parte si te sobra espacio —añade, sin pensarlo.

—Y dibuja también unos corazones, Jeremy, por si a Grauser no le queda del todo claro lo que significa el saludo — Christopher deja escapar una carcajada forzada y se acerca a Valentine, pasándole un brazo por los hombros—. Serás cretino, Val. ¿Qué va a decir Julia cuando se entere de esto?

—No va a decir nada porque ya no salimos juntos —aclara, con indiferencia.

Christopher, incrédulo, se baja las gafas hasta la punta de la nariz para buscar algún resto de burla en la mirada de su amigo. Pero Valentine parece no bromear y Jeremy tampoco reacciona ante sus palabras, pendiente de unas figuritas de recuerdo, esta vez para su madre.

—¿Desde cuándo? —se interesa Christopher.

—Mediados de junio —responde.

—¿Desde junio? —repite, sin dar crédito—. ¿Y no habías dicho nada hasta ahora?

—Estoy convencido de que lo mencioné un par de veces a final de curso.

Jeremy asiente, recordando que Valentine no dejó de hablar de ello en el viaje de vuelta a Artania hasta asegurarse de que le quedaba lo suficientemente claro como para llegar a oídos de Leara en alguna de sus cartas.

—No te has acostado con ninguna chica desde que has llegado a Salterra —insiste Christopher, con una ceja tan arqueada que sobresale por encima de la montura de las gafas.

—Así es.

—Ni en todo el verano —apunta Jeremy.

—Tú tampoco ¿verdad, Jeremy? —le provoca Christopher. Jeremy se sonroja y baja la cabeza, antes de retirarse hacia el mostrador para pagar los regalos y comprar un sello. Christopher no llega a verlo, concentrado de nuevo en Valentine, al que mira con recelo por encima de sus gafas de sol—. ¿Cuál es el problema? ¿Todavía estás pillado por Julia o qué te pasa?

—No —aclara—. Fui yo quien rompió con ella.

—Explícame entonces por qué no estás aprovechando el verano.

—He tenido otras cosas en la cabeza.

—¿Cuáles exactamente? —insiste, aún sin procesar las noticias—. Estamos de vacaciones y rodeados de chicas guapísimas a las que no volverás a ver.

—No he conocido a ninguna que me interese.

—Eso tendremos que arreglarlo en la fiesta de las hogueras y celebrar que vuelves a estar soltero, como en los viejos tiempos —Christopher sonríe con satisfacción. Conocer chicas es mucho más divertido cuando su amigo forma parte del juego, y los meses en los que estuvo saliendo con Julia los recuerda sin entusiasmo—. Buena decisión, por cierto. Esa Julia nunca me cayó demasiado bien.

—Tú a ella tampoco.

Los tres pasean por el barrio durante treinta minutos en los que Christopher hace una visita guiada rápida y sin ganas, poco detallada y sin entretenerse demasiado en ninguno de los edificios emblemáticos de Salterra. Pero a pesar de las prisas de Christopher por volver a casa, Valentine y Jeremy no tienen intención de regresar a la mansión sin probar una de las especialidades del pueblo, como los granizados de crema de café. Se deciden por una cafetería tradicional en el paseo del puerto deportivo, con vistas a la playa. La única mesa libre fuera del local no tiene ni un ápice de sombra, pero la brisa que sopla desde el mar vuelve el calor bastante más tolerable. Cuando el camarero les sirve las bebidas, Valentine y Jeremy lo prueban no muy convencidos, por curiosidad y tradición, pero acaban repitiendo. Christopher, todavía afectado por los achaques de la resaca, se conforma con un vaso de agua con gas y una cajetilla de cigarrillos.

Son numerosas las personas que desfilan ante sus ojos, de vuelta a la playa o de camino a sus casas para comer. Sin embargo, no prestan atención a nadie en concreto hasta que un grupo de muchachas de su edad se detiene frente a la mesa. Hablan entre ellas en voz muy baja y les dedican miradas rápidas que intercalan con risitas poco disimuladas. Los tres acaban por devolverles las miradas a través del humo de sus cigarrillos. Una de las chicas se adelanta y se dirige hacia ellos con paso decidido. Cegados por el sol, tardan unos instantes en reconocerla como la vecina de Christopher. Le delata su mata de pelo que le cuelga, enmarañada por la sal del océano, hasta las costillas. Lleva un escotado vestido de estampado floral que le llega por encima de las rodillas y es tan ceñido a la altura del pecho que parece que se vayan a saltar las costuras cada vez que respira.

—¿Christopher? ¡Qué casualidad encontrarte por aquí! Las niñas y yo estábamos comentando en este mismo momento lo bien que lo pasamos en vuestra fiesta anoche —su tono es tan fingido y ensayado como su sonrisa. Su voz, rota tras una larga noche de excesos, se le descontrola cuando trata de entonar sus palabras con efusividad—. ¿Verdad? —añade, volviéndose hacia sus amigas. Ellas asienten entre risitas.

—A mi madre le hará muy feliz saberlo —responde con apatía, devolviéndole la sonrisa forzada mientras expulsa el humo por la nariz. No se molesta en quitarse las gafas oscuras ni se endereza en la silla.

—¿Puedo coger un pitillo? Mi padre me quitó los cigarrillos anoche porque llegué bastante borracha de tu fiesta.

—Sírvete tú misma, Miranda —ofrece, señalando con un ligero movimiento de cabeza la cajetilla que reposa junto al cenicero.

Ella pierde la sonrisa en ese preciso instante.

—Me llamo Minerva, capullo —responde, de malos modos.

Christopher se encoge de hombros como respuesta a la mirada intimidante que le lanza Minerva. Ella coge un cigarrillo y se lo lleva a los labios, pero no llega a encenderlo. Con la misma rabia con la que le mira, arroja la cajetilla al pecho de Christopher en lugar de posarla de nuevo junto al cenicero. Valentine y Jeremy intercambian una mirada y tratan de contener la risa hasta que Minerva les vuelve la espalda sin despedirse siquiera y se aleja calle abajo con su grupo de amigas.

—¿Qué le pasa a esa? ¿No me digáis que anoche…?

—No —aclara Valentine—. La sacaste a bailar, pero su hermana impidió que te la llevaras al dormitorio.

Christopher termina su bebida sin ganas. No sigue a Minerva y sus amigas con la mirada. Si lo hiciera, vería como ella gira la cabeza repetidas veces antes de desaparecer al torcer la esquina. Minerva aún lleva el cigarrillo colgado de los labios, sin encender.

Mientras Valentine trata de rellenar las lagunas de Christopher con imágenes que preferiría seguir sin recordar, Jeremy saca la postal del bolsillo y escribe en caligrafía cursiva, con las letras muy juntas y todo lo diminutas que es capaz, para aprovechar al máximo el reducido espacio que le ofrece la cartulina. Acostumbrado como está a explayarse a lo largo de páginas y páginas, le lleva varios intentos fallidos en unas servilletas de papel dar con el texto apropiado. Satisfecho con el resultado, lo transfiere a la postal. Humedece el sello con la lengua y lo pega con cuidado, asegurándose de que encaja a la perfección sobre el recuadro designado para ello en la esquina superior derecha de la cartulina, coronando la dirección de Leara Grauser en Castierra.

Salterra, agosto de 1952

Leara,

Aún no he tenido ocasión de responder tu última carta porque aquí hay demasiadas distracciones y menos intimidad que en la residencia de la universidad. Esta semana te escribo desde el sur. Christopher nos invitó a su casa de la playa. Dime, Leara, ¿qué sentido tiene viajar hasta Salterra para ver el mar en las estampas de las postales y bañarse en una piscina? Es un lugar de ensueño, el escenario perfecto para un amor de verano. Y, sin embargo, paso las noches en vela, entre las altas temperaturas y las fiestas a las que nos arrastra Christopher (para después abandonarnos a nuestra suerte cuando encuentra compañía femenina). Nos quedaremos hasta el viernes. Te llamaré por teléfono desde Artania.

Nos vemos pronto en Castierra.

J. Vorans

P.d. Valentine me ha ayudado a elegir tu postal. Te manda saludos.

MARTES, 26 DE AGOSTO

CAPÍTULO 5

Para los habitantes de Salterra, y los veraneantes que prolongan sus vacaciones hasta los últimos días del mes de agosto, las hogueras nocturnas en la playa anuncian el final del verano. Son noches más largas, más frescas. Arrastran una esencia que huele a nostalgia y contagia a su paso esa sensación de vacío que viene de la mano de una despedida inminente. Pero hasta que las últimas brasas se consuman al amanecer, la diversión está garantizada desde el paseo del puerto a la orilla del mar.

Cuando Christopher le pasa un brazo por los hombros, delante de las llamas, Jeremy desea que el tiempo se detenga y ese instante se prolongue hasta que la noche pierda su nombre y la hoguera no sea más que una cicatriz de cenizas sobre la arena blanquecina. Todo lo que escucha a su alrededor es el crepitar del fuego y el rugir de las olas al romper. A las voces se las lleva el viento, los demás rostros se funden con las sombras de la noche. Jeremy no se atreve a retirar la vista de esas llamas que tiene delante, pero se las imagina reflejadas en el verde de los ojos de Christopher. Sentado frente a su máquina de escribir, no habría tecleado un final mejor para su verano que este viaje al sur. Y, sin embargo, no puede plantarse frente a su escritorio y plasmarlo en una cuartilla en blanco. Cualquier trozo de papel le valdría para inmortalizar ese instante, efímero e irrepetible. Se serviría de una servilleta si fuera necesario para no dejar escapar las palabras que definen lo que siente teniendo su piel tan cerca, aunque las mangas de la camisa le impidan notarla directamente sobre la suya. Es un gesto simple, que no va más allá de la camaradería que los une desde niños, pero que consigue que el verano de Jeremy roce la perfección. Una perfección que se cae a pedazos cuando Christopher rompe el silencio y la realidad le azota de nuevo, mucho más fuerte de lo que lo hace la sonora palmada que Christopher le propina en la espalda.

—Ya lo habéis visto, no hay nada más que hacer aquí sin bebidas y sin chicas —comenta, con la mirada fija en su vaso vacío—. Vamos a la feria a buscar alguna de las dos cosas.

Christopher y Valentine se adelantan. Jeremy se toma unos instantes para aterrizar en la realidad con los dos pies antes de seguir sus pasos. Dejan atrás el bramido del mar y el crujir de las brasas. Los murmullos tranquilos de la playa se elevan a conversaciones con voces muy alteradas al llegar al paseo, coreadas por risas y gritos que se escapan desde lo alto de la noria. La zona está repleta de atracciones de feria y puestos de bebidas, que se mantendrán hasta el domingo. Las calles abarrotadas de gente. Vecinos y veraneantes, curiosos venidos de localidades próximas, todos contagiados por el ambiente festivo. La música acompaña de la mano al espíritu alegre de la ciudad. La brisa pierde la fragancia del mar y se empapa en el olor de la cerveza y del algodón de azúcar a medida que se alejan de la playa.

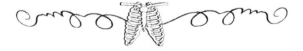

Minerva se abre paso entre la multitud, ignorando las colas que se forman para los puestos de comida y las taquillas que venden fichas para montar en las atracciones. Tampoco se disculpa ante los reproches y las muecas de fastidio que le dedican cuando pasa entre grupos de gente a empujones y se le derrama el contenido de su vaso. Se detiene al llegar junto a la cola de los autos de choque. Una barrera metálica separa de aquellos que han pagado por su viaje y Minerva tiene que conformarse con llamar la atención de Christopher desde el otro lado de la inoportuna barricada, con unos golpecitos en el brazo. Él interrumpe la conversación con sus amigos y se vuelve hacia ella. Le gusta lo que ve, pero lo disimula con un gesto de indiferencia. Los pantalones de cintura alta, ceñidos a sus piernas hasta un palmo por encima de los tobillos, dibujan con detalle su envidiable figura bajo una tela estampada. La blusa es igualmente sugerente, en color crema, con los hombros al descubierto y un escote en forma de corazón. Minerva se ayuda de la barra de la barrera para elevarse unos centímetros y conseguir que sus labios, de un rojo intenso, queden a la altura del oído de Christopher. Grita tratando de hablar por encima del volumen de la música, pero su saludo no pasa de un susurro.

—Creía que era un capullo —responde él.

—Lo eres —contesta—. Solo te estoy hablando porque a mi hermana le ha gustado tu amigo y le debo el favor. Me habría metido en un buen lío después de tu fiesta de no ser por ella.

—¿Cuál de los dos? —se interesa, mirándolos de reojo.

—El más alto —confiesa, tras lanzar una mirada rápida hacia Valentine—. Es una pesada, no habla de otra cosa desde la otra noche. ¿Sale con alguien?

—No, no sale con nadie.

—Maravilloso, seguro que Alicia se desmaya cuando se lo diga.

—Ya. Seguro que él también —bromea.

Cuando se vuelve hacia ella, las luces intermitentes de las atracciones se reflejan en los ojos de Christopher y resaltan su color verde. Minerva ahoga las ganas de sonreír mojando los labios con su bebida.

—Venía a decirte que el domingo es mi cumpleaños. Dieciocho —confiesa sin demasiada emoción, como si fuera una cifra de la que avergonzase, a pesar de llevar toda su adolescencia soñando con la mayoría de edad—. Voy a dar una fiesta en casa el sábado por la noche, ¿vendrás?

—Por supuesto —asiente, dedicándole una sonrisa provocadora.

—Estupendo. Puedes traer también a tu amigo. Alicia se pondrá muy contenta.

—Falta mucho para el sábado —le habla al oído con los labios rozándole la piel, hilando las palabras en un susurro tentador—. ¿Qué me dices de esta noche? ¿Quieres dar un paseo? —invita, indicando con la cabeza a los coches de choque.

—No me puedo quedar, vendrán a recogernos en unos minutos —ella se vuelve hacia él. Sus rostros quedan enfrentados, los labios demasiado cerca. Su mirada, sin embargo, no busca los ojos de Christopher y se pierde en el suelo empedrado—. Estoy castigada hasta el sábado.

Christopher sacude la cabeza y deja escapar una risa burlona al escuchar esa palabra. No piensa en lo joven que es Minerva en realidad, arrebatadoramente guapa, enfundada en esa ropa tan provocadora, dirigiéndose a él con esos labios tan rojos, dispuestos a darle todo lo que desea. Ella lo comprende y se siente insignificante, una niña a su lado, y trata de ocultar la mueca de rabia y abatimiento con un largo trago con el que termina su bebida.

—¿Tenéis algo que hacer mañana por la tarde? Alicia y yo vamos a estar de compras en el pueblo y durante el día no me vigilan tanto. Podríamos ir a una de esas salas de recreativos del centro o al cine, ¿qué me dices? —sugiere, impulsada por los efectos del licor—. Ahí no nos verá nadie y a mi hermana le haría mucha ilusión que trajeras a ese chico.

—¿Y qué hay de Jeremy? —añade, volviéndose hacia sus amigos—. No vamos a dejarle solo.

—Tranquilo, también sé de alguien a quien le gustaría

quedarse a solas con él.

—No te prometo nada, depende de la resaca que tengamos mañana —responde, sin darle demasiada importancia. Su sonrisa descarada hace que Minerva frunza el ceño y le mire con una expresión muy seria—. Yo no estoy castigado y me puedo quedar bebiendo hasta el amanecer si me da la gana.

—Como quieras, capullo. Tú te lo pierdes.

—¿Subes o no? La fila ya se mueve.

Minerva echa un vistazo hacia atrás. Su hermana y las otras muchachas están congregadas en corro frente al puesto de algodón de azúcar y no le prestan atención, distraídas por un grupo de chicos que tratan de entablar conversación pero que solo consiguen arrancarles risitas estúpidas. Ella asiente y deja el vaso vacío en el suelo. Ignorando las protestas de los chicos que hacen cola por detrás, Christopher ayuda a Minerva a trepar la barrera. Ella cruza con toda la agilidad que el alcohol le permite, pasando las piernas por encima de la barra metálica. Christopher la toma de las caderas y hace que aterrice a su lado con un movimiento muy elegante, como un paso de baile.

La música se eleva sobre la pista de los coches de choque a través de unos potentes altavoces. Es una canción rápida y con un ritmo muy pegadizo, que anima a bailar a los que aún esperan en la cola y a conducir con agresividad a los que ya se sientan al volante. Las luces de colores se reflejan en el suelo. Christopher y Minerva comparten un vehículo pintado de color verde esmeralda. El asiento es estrecho y apenas hay espacio para sentarse cómodamente el uno junto al otro. Ella se aprovecha y se pega al pecho de Christopher todo lo que puede. Él conduce con chulería, sujetando el volante con una sola mano. Con el otro brazo rodea a Minerva por encima de los hombros. Durante todo el viaje mantiene una sonrisa descarada en el rostro y no la pierde ni para maldecir en voz alta cada vez que otro coche les golpea bruscamente. Minerva intercala carcajadas con gritos histéricos cada vez que el vehículo se sacude con violencia. Los chicos que tenían detrás en la cola se ensañan con ellos en una venganza poco planeada pero efectiva. Reciben golpes de frente, por los costados, incluso desde atrás. Algunos llegan sincronizados, por todas direcciones al mismo tiempo. Christopher no pierde ocasión de devolverles el ataque y la pista entera acaba convirtiéndose en una batalla entre bandos muy desequilibrados. Solamente Valentine parece estar de parte de Christopher. Jeremy finge estarlo y golpea a los otros chicos de vez en cuando si se cruzan en su camino, pero también se lanza contra el coche de Christopher sin pisar el freno cada vez que Minerva hace amago de abrazarse a él.

Los coches se detienen cuando la canción llega a su fin. Jeremy tiene tiempo de arremeter una última vez contra Christopher, pero el golpe parece tener el efecto contrario al deseado. Christopher y Minerva bajan del coche compartiendo una carcajada. Él le tiende la mano para ayudarla a salir y no se sueltan hasta reunirse con los demás, cerca del cartel que indica la salida. Valentine y Jeremy les esperan fumando y Christopher no tarda en unirse a ellos. Jeremy disimula una sonrisa cuando suelta los dedos de Minerva para rebuscar en los bolsillos de la chaqueta hasta dar con la caja de cerillas.

—¿Qué hacemos ahora? —pregunta Christopher, sin esperar realmente una respuesta—. Yo necesito un trago.

—Yo también, ese viaje ha sido intenso.

—No me digas, Jeremy. ¿Se puede saber a qué demonios estabas jugando? —le reprocha mientras prende el cigarrillo que cuelga de sus labios—. Nos has golpeado más a nosotros que a esos cretinos.

—He perdido el control —se excusa.

—La próxima vez no bebas tanto, eres un peligro al volante —Jeremy se encoge de hombros y retira la mirada cuando Christopher se vuelve hacia Minerva—. ¿Quieres beber algo?

—No. Pero tengo tiempo para otra vuelta más —le susurra al oído mientras vuelve a enredar los dedos entre los suyos—. Y esta vez elijo yo.

Minerva tira de la mano de Christopher y le arrastra entre la gente hasta el carrusel, al final del paseo. Es un tiovivo antiguo, que conserva el encanto de las atracciones de las ferias ambulantes de principios de siglo. Los tonos dorados y pastel brillan bajo las bombillas amarillentas que rodean el techo y decoran las columnas. Son colores llamativos que contrastan con las hileras de caballos blancos, alineados por parejas en una circunferencia perfecta. Valentine y Jeremy les siguen de cerca, pero prefieren unirse a la cola del puesto de las bebidas, de espaldas al carrusel. Jeremy se vuelve con disimulo, solo para aceptar que su verano no es tan perfecto al ver que Christopher y Minerva pasan de largo entre los caballitos y se escurren en el interior de un carruaje muy pomposo y recargado, decorado con las mismas tonalidades doradas y azul pastel que predominan en la atracción.

El interior del carruaje no tiene encanto alguno, recubierto de un color rosa chicle muy desgastado. La pintura está descascarillada en los bordes del asiento y allí donde otras parejas han grabado corazones con sus iniciales dentro. El asiento es duro y estrecho, pensado para ser ocupado por niños pequeños, sentados uno frente a otro. Sin embargo, ellos deciden compartirlo sentándose muy juntos. Para Minerva es suficiente intimidad, ese techo bajo pintado de rosa, al resguardo de miradas y cuchicheos indiscretos que puedan llegar a oídos de su padre. Le gustaría tener más tiempo para que los labios de Christopher pudieran rozar algo más que su boca sin que les moleste la ropa. Pero se conforma con dejar que le emborrone el pintalabios y le acaricie con descaro por encima del sostén. Se besan desde el momento en que se acomodan en el interior del carruaje, antes de que la atracción se ponga en marcha. Sus labios no se separan cuando el carrusel deja de girar y la carroza se detiene, ni cuando la canción también se funde con el murmullo de la gente. Todos bajan de sus caballitos, pero ellos permanecen sentados en el interior del carruaje con los dedos enredados y las bocas enfrascadas en un beso interminable hasta que el barraquero les llama la atención.

—¿Sabes dónde está la heladería artesanal del centro, en la misma calle de los multicines? —pregunta Minerva en un susurro, antes de incorporarse.

—Sí —miente.

—Estupendo. Os esperaremos fuera a las cuatro, no lleguéis tarde —recalca, alzando la voz—. Si os retrasáis más de diez minutos nos iremos.

Christopher le dedica una sonrisa antes de verla marchar corriendo, al encuentro de su hermana. El vaivén de su melena se pierde entre la multitud, pero él ya no mira. Se retira los restos de carmín de la boca mientras se dirige al puesto de las bebidas, donde le esperan sus amigos prácticamente al frente de la cola, preparados para reponer fuerzas antes de volver a la playa y seguir disfrutando de la festividad hasta el amanecer.

MIERCOLES, 27 DE AGOSTO

CAPÍTULO 6

La tensión crece entre ellos cuando dejan atrás la heladería y la conversación se disuelve en un silencio incómodo. Ninguno de los cuatro protagonistas de la cita a ciegas pronuncia palabra y se limitan a intercambiar miradas rápidas y sonrisas tímidas mientras caminan ocupando toda la acera. Jeremy incluso tiene que bajar a la carretera en varias ocasiones. Solamente Christopher y Minerva parecen disfrutar de la tarde, unos metros por delante, cogidos del brazo desde el momento en que empiezan a caminar hacia los multicines.

Una vez allí, las chicas se sientan en un sofá del vestíbulo picoteando de sus cartones de palomitas, una mezcla de dulces y saladas, mientras Christopher se pone a la cola para comprar las entradas para una película extranjera, cuyo título se traduciría como *Secretos enterrados en la arena*, en versión original con subtítulos. Valentine se ofrece a traer las bebidas y Jeremy le acompaña, intimidado por la insistencia de Virginia en cogerle de la mano.

—¿Christopher no se ha dado cuenta de que Virginia es una chica? —susurra al oído de Valentine tras pagar las bebidas, antes de cruzar de nuevo el vestíbulo para reunirse con los demás—. ¿Qué se supone que voy a hacer con ella?

—Hazte el dormido. La película tiene una pinta espantosa, ya sabes que Christopher no la ha escogido precisamente por el argumento.

—¿Tú qué vas a hacer con Alicia?

Valentine separa los labios, pero la respuesta sucumbe en un carraspeo. Se vuelve con disimulo y echa un vistazo rápido en dirección a las chicas. Alicia le parece preciosa, con sus gestos elegantes y delicados, con su melena suelta acariciándole los hombros y esa sonrisa tan dulce enmarcada por unos labios sin apenas maquillar.

—Lo que surja —admite.

Jeremy pone los ojos en blanco y se limita a seguirle en silencio a través del vestíbulo. Se reúnen con los demás junto a la puerta de entrada a la sala. Christopher tiene las entradas en una mano y la otra muy por debajo de la cintura de Minerva. Ella sujeta las palomitas y la bebida, y le mira directamente a los ojos mientras sorbe su refresco de una forma muy sensual, deslizando la pajita entre sus labios carnosos y brillantes, pintados de un rojo anaranjado muy llamativo.

Los seis entran a la sala poco antes de que comience a proyectarse la película. Las luces aún están encendidas, aunque de forma muy tenue. Es una sala pequeña, con una pantalla diminuta en comparación con las que están acostumbrados a frecuentar en las salas de cine de Castierra o Artania. La sesión vespertina no parece despertar mucho interés un miércoles de finales de verano, a pesar de ofrecer las entradas a mitad de precio. Cuentan no más de veinte personas en el interior, en su mayoría pequeños grupitos de chicas adolescentes, esparcidas por las filas delanteras, y alguna pareja en la parte trasera.

—Quédate aquí, Jeremy —sugiere Virginia, sujetándole de la muñeca mientras indica dos asientos de la parte derecha de la fila, cercanos al pasillo.

Jeremy busca ayuda en Valentine con la mirada, pero está distraído sujetando la bebida de Alicia mientras ella se estira bien el vestido antes de acomodarse en su butaca y no parece darse cuenta de que Jeremy se queda rezagado. Christopher y Minerva también se sientan separados de los demás, varias filas por delante, y no esperan a que empiece la película o apaguen completamente las luces para besarse.

Para Jeremy la tarde no es más que una sucesión de acontecimientos catastróficos tanto dentro como fuera de la pantalla. La película es un despropósito y cada vez que consulta el reloj las agujas siguen ancladas en la misma posición. A su lado, Virginia trata de invadir su espacio personal con la excusa de ofrecerle palomitas, directamente de su mano a la boca, o un trago de su bebida. La sorbe a través de una pajita de plástico metiendo mucho ruido, intentando llamar su atención. Jeremy decide poner en práctica el consejo de Valentine y hacerse el dormido, pero cada vez que se escurre en la butaca y cierra los ojos, los dedos de Virginia acariciando su mano le hacen dar un respingo y sentarse con la espalda muy recta, en alerta. Intenta concentrarse en la película, pero es tan absurda que no logra prestar atención más de dos minutos seguidos. Por si no fuera suficiente, se distrae con facilidad cada vez que, unas filas por delante, Christopher se reclina sobre la butaca de Minerva para robarle un beso tras otro. Jeremy retira la mirada al instante, con sus sentimientos tan magullados que le resulta difícil concentrarse en algo más que sus ganas de fumarse un cigarrillo.

Christopher y Minerva se levantan hacia la mitad de la película, causando alboroto con sus risitas y sus susurros demasiado altos cuando a ella se le engancha la falda en el reposabrazos. Derraman la bebida y las palomitas al abrirse paso entre las butacas, pendientes de no separar sus manos o despegar sus labios. La película es tan espantosa que nadie les llama la atención, ni siquiera el acomodador que parece echar una cabezadita en una silla junto a la puerta. Al llegar al pasillo lateral no se dirigen a la salida de la sala, sino que se adjudican unas butacas libres en la última fila, sin ningún interés en ver la película.

Jeremy se gira con disimulo unos minutos después, durante una interminable escena romántica demasiado sobreactuada para su gusto. Los fotogramas en pantalla son luminosos y proyectan una luz blanquecina muy intensa sobre las butacas. Tres filas por detrás, Christopher y Minerva están escribiendo su propia tragicomedia romántica con saliva. Indiferentes a la película y con las bocas muy juntas, dan vida a un amor de verano con un final demasiado próximo. Cuando Jeremy vuelve la cabeza hacia el frente, decaído, Virginia está tan cerca de su cara que no es capaz de reaccionar a tiempo. El choque de sus labios es inevitable. Ella comienza con un breve beso tierno. Pero, inspirada por la pasión que desbordan Christopher y Minerva cuando los mira de reojo, trata de abrirse camino entre los labios de Jeremy con la lengua. El beso sabe a refresco de cola y pintalabios. Jeremy permanece rígido, atrapado sin escapatoria entre su boca y el respaldo del asiento, sin mover un músculo ni cerrar los ojos. Virginia desiste tras unos segundos en los que se siente como si estuviera besándose con un maniquí, y se hunde de nuevo en su butaca con el ceño fruncido, decepcionada.

—¿Cuál es el problema, Jeremy? ¿No te parezco tan bonita como mis amigas? —susurra, volviéndose hacia él con una expresión que mezcla humillación e irritación alrededor de sus ojos.

—No es eso —se excusa, después de limpiarse los labios con el dorso de la mano—. No es tu culpa.

—No te interesan las chicas —añade Virginia. Jeremy, como respuesta, se limita a encogerse de hombros—. Es por eso, ¿verdad?

—Lo siento.

—Me lo imaginaba, estas cosas siempre me tienen que pasar a mí —refunfuña, cruzándose de brazos mientras se escurre en la butaca—. Voy a llegar virgen a la universidad.

—¿Crees que eso es algo malo?

—¿No lo es?

—No lo sé, nunca me lo había planteado. ¿Tú crees que sí?

—¡Claro que es algo malo! Pero tampoco importa ya, no queda ni una semana de vacaciones. ¡Virginia la virginal, ese será mi apodo cuando se corra el rumor! Lo tengo asumido —Virginia deja escapar un suspiro de resignación que relaja su expresión hosca. En la penumbra de la sala, Jeremy cree ver como una sonrisa empieza a formarse en sus labios—. Dime una cosa, ¿por qué has venido conmigo si no te gustan las chicas?

—No sabía que ibas a ser una chica —confiesa.

—Ya, claro. ¿Y qué me dices de tu amigo? ¿Tampoco le gustan las chicas? —se interesa, señalando con la cabeza en dirección a Valentine—. No está haciendo nada con Alicia.

—Valentine es un caballero. No va a hacer nada que ella no quiera hacer.

Apenas termina la frase, Virginia le da unos golpecitos en el hombro y le hace un gesto con la cabeza para que mire de nuevo a la pareja. Valentine tiene un brazo sobre el respaldo de la butaca de Alicia. Ella reposa la cabeza sobre su hombro y no tardan en olvidarse de la pantalla. Se enfrascan en un beso que tiene intención de prolongarse lo que queda de película. Es mucho más delicado que el espectáculo que ofrecen Christopher y Minerva en la última fila, pero igualmente hueco y superficial.

—Pues parece ser que algo sí que quiere. Alicia también ha tenido suerte. Todas la tienen menos yo.

—Si todo lo que quiere es un amor de una noche de verano entonces sí, ha tenido suerte —trata de consolarla.

—¿Por qué dices eso?

—Volvemos a Artania el viernes y las clases en Castierra empiezan el lunes.

—¿Y eso qué importa? —Jeremy se encoge de hombros. Virginia abre mucho la boca y hace rodar los ojos—. Tu amigo tiene una novia en la universidad, lo sabía.

—No, no tiene novia —corrige. Desvía la mirada hacia Valentine y prosigue tras una breve pausa—. Pero está enamorado.

—No te ofendas, pero los chicos del norte sois todos unos cretinos —sentencia, otra vez muy seria, antes de volver la vista hacia la pantalla. Por la forma en la que clava los ojos en un punto fijo, desenfocados, Jeremy comprende que no está prestando atención.

—No me ofendo —susurra, sacudiendo la cabeza. Se gira con disimulo una vez más hacia la última fila y se arrepiente al instante. Christopher tiene a Minerva sentada sobre sus rodillas y las manos perdidas por debajo de la tela de su vestido, delatando cada una de sus caricias sobre la espalda—. Escucha, esta película es inaguantable. ¿Quieres ir fuera y tomar un helado?

—No tienes que invitarme a nada si esta cita no va a ir a ninguna parte —responde, sin volverse hacia él.

—Me has caído bien y te lo debo por hacerte perder el tiempo —insiste.

—Da lo mismo, tú no planeaste la cita.

—No, pero tampoco pregunté —admite—. Necesito fumarme un cigarrillo. ¿Vienes?

—Te acompaño si me das uno.

—Hecho —responde, al tiempo que se incorpora.

Cuando termina la película, Valentine y Alicia salen al encuentro de sus amigos. El sol está bajo entre los tejados del oeste, preparándose para sumergirse en uno de los últimos atardeceres de agosto. Jeremy y Virginia esperan sentados en el bordillo de la acera frente a la puerta principal del cine, conversando animadamente mientras toman unos helados de nata con nueces. Valentine saca la pitillera y se une a ellos, acomodándose al lado de Jeremy. Le ofrece un cigarrillo a Alicia, que sigue de pie tras él, pero lo rechaza negando con la cabeza. Se sienta con timidez junto a Valentine, sin saber muy bien qué hacer o qué decir fuera de la intimidad de la sala de cine. Él le pasa un brazo por los hombros y juguetea con las puntas de su melena. Alicia le responde con una sonrisa que le pide, sin necesidad de hablar, un beso que no tarda en llegar.

Christopher y Minerva, en cambio, se quedan rezagados en el callejón en el que desemboca la puerta de salida de la sala de cine, enfrascados en un beso que saben que es el último de la tarde pero que tratan de prolongar hasta que uno de los dos se rinda.

—Tenemos que despedirnos aquí —comienza Minerva, alejándose de los labios de Christopher solamente lo necesario para poder hablar sin ahogarse. Tiene los brazos alrededor de su cuello y la mirada clavada en sus ojos verdes, deseando que puedan leer en los suyos que quiere otro beso más antes de irse—. Mi padre me está esperando en una cafetería del puerto, será mejor que no nos vea así por la calle o me castigará hasta las vacaciones de invierno.

—Ven a mi casa después de cenar —le provoca al oído, antes de separar las manos de su cintura y alejarse sin volver a besarla—. Dejaré la puerta del jardín abierta y seguiremos sin que nadie nos interrumpa.

CAPÍTULO 7

Minerva cruza la puerta del jardín de la propiedad de los Straiger pasadas las diez. Christopher la conduce a la parte trasera de la casa, hasta la piscina. Minerva se ha cambiado de ropa y lleva puesto un vestido en color melocotón, de una tela tan vaporosa que es casi transparente a contraluz. La falda no llega a rozar las rodillas y deja a la vista sus muslos al completo cuando se agacha para desabrocharse las sandalias. Las deja sobre el suelo empedrado y se sienta al borde de la piscina, con las piernas dobladas como si fuera una sirena. La falda del vestido se le humedece al instante y se le adhiere a la piel, dibujando las costuras de su ropa interior sobre la tela. Los pies acarician la superficie de la piscina, incluso se atreve a hundir los dedos. Se ven muy blancos bajo el agua helada, y sus uñas de un rojo anaranjado muy intenso. Christopher se arrodilla tras ella y le retira la melena hacia un lado. Trazando con los labios el camino desde su clavícula, se detiene al acariciar con ellos el lóbulo de su oreja.

—Vamos a darnos un baño —le susurra al oído.

—No me he traído el bañador.

—No necesitas bañador.

Minerva sonríe al escuchar sus palabras en un susurro provocador. La noche es perfecta y apacible. No demasiado calurosa, pero un baño conseguiría calmar su piel incandescente, ahí donde Christopher la ha rozado con los labios. Y donde no. Echa un vistazo a su alrededor, deleitándose con cada detalle del jardín mientras Christopher le besa el cuello. El cielo descubierto, salpicado de estrellas. La tranquilidad de las últimas horas del miércoles, cargada de un silencio entrecortado por el canto de los grillos y el relajante sonido de los aspersores. Pero las luces encendidas en el segundo piso de la casa le hacen dudar.

—¿Aquí? —susurra, no muy convencida.

—No. Tengo invitados y además mis padres aún están levantados. Podrían asomarse en cualquier momento a la terraza —se lamenta, mientras se incorpora de un salto. Permanece de pie unos instantes, con la vista clavada en un horizonte que se funde con la negrura del cielo—. Bajemos a la playa.

—¿Ahora? Es una locura.

—No habrá nadie a estas horas —insiste, tendiéndole la mano—. He bajado cientos de veces, vamos.

Minerva vacila por un instante, pero acaba por enredar los dedos entre los suyos. Tras un beso rápido, Christopher se acerca a las tumbonas y se echa una toalla sobre el hombro. Minerva camina descalza por el césped y el camino empedrado del jardín y no se encaja las sandalias hasta llegar a la puerta que comunica con la carretera que bordea la costa.

Cuando atraviesan la verja y se pierden al otro lado de la propiedad, una de las luces del segundo piso se extingue tras las cortinas y Jeremy cae de espaldas en la cama, desanimado al comprender, una noche más, que los labios de Christopher no le pertenecen fuera de su imaginación.

El camino desde la casa de los Straiger a la pequeña cala salvaje, arropada por unos acantilados no muy altos, es un agradable paseo de no más de diez minutos a pie. Recorren el primer tramo casi sin pronunciar palabra, compartiendo un cigarrillo y varios besos en las zonas que quedan al resguardo de las farolas. El camino se complica cuando dejan de lado la carretera y se aventuran a bajar un sendero pedregoso y empinado, poco iluminado por la luz de las farolas, cada vez más tenue a medida que se alejan, cuesta abajo, de la carretera. Pero la senda está bien marcada, una hilera blanca que rompe la oscuridad de la noche, una cicatriz de tierra desgastada por los años de veraneantes abriéndose paso hacia la intimidad de la cala para huir de la masificada playa del centro de Salterra.

Christopher y Minerva se encuentran solos ante un mar que susurra al rozar la orilla y ruge al golpear las rocas que arropan la cala. Sus ojos se acostumbran poco a poco a la oscuridad. Es un escenario idílico para cerrar el verano con una historia que tiene el final escrito antes de comenzar siquiera. Christopher deja caer la toalla y se acerca a Minerva para bajarle la cremallera desde la nuca hasta la cintura. Lo hace a una velocidad dolorosamente lenta. Ella se apresura a desprenderse de ese vestido que se interpone entre las caricias que necesita su piel. Se quita las sandalias, pero se deja puesta la ropa interior, como si de un traje de baño de dos piezas se tratara. La escasa luz de la luna creciente le acaricia la piel. Tostada en brazos y piernas y sobre su espalda y su vientre. Alrededor del sostén, sin embargo, se aprecia el color natural de su piel, de un blanco níveo allí donde no le ha besado el sol en todo el verano.

—Vamos al agua —le tienta él y ella asiente.

La ropa de Christopher no tarda en caer inerte sobre la arena, junto al vestido de Minerva. Corren hasta sentir el mar entre los dedos de los pies. La arena húmeda se siente fría bajo sus pasos. El agua de las olas que rompen en la orilla, salpicándoles hasta las rodillas, se vuelve gélida cuando el sol no brilla en lo alto del cielo.

Se adentran en un océano de matices oscuros y

tentaciones ocultas hasta que el agua les llega hasta la cintura. Las olas más altas cubren a Minerva hasta el pecho. La lencería es tan fina que se transparenta el contorno de sus pezones sobre la tela. Christopher los acaricia por encima del sostén cuando se endurecen por el frío. Minerva se muerde el labio inferior y ahoga un suspiro que queda silenciado por el romper de las olas y el murmullo de las aguas a su alrededor. Christopher deja que las manos se deslicen por el cuerpo de Minerva, repasando su silueta desde las costillas hasta llegar al hueso de la cadera. Escurre los dedos por debajo de la ropa interior y ella no se resiste a su tacto. Se mueven con una lentitud calculada para que Minerva llegue a creer que las yemas de sus dedos no van a hundirse donde necesita que le acaricien y desee su roce con más ganas. Es una tortura placentera y él puede verlo en sus ojos, resplandecientes bajo el reflejo de la luna. Christopher se deleita prolongando ese momento de indecisión hasta que Minerva sucumbe a la excitación y se eleva sobre los dedos de los pies para besarle mientras termina de arrastrarla por un camino de tentación sin retorno.

Se dejan llevar por sus impulsos en el agua hasta que deja de sentirse fría, templada por sus cuerpos ardientes. Se besan entre las olas, sin importar que rompan contra sus espaldas y las algas que arrastran se les enreden en el pelo. No se despegan hasta que los labios se sienten irritados por la sal y cambian de color, perfilándose con un tono amoratado. Repasan con las manos cada parte de sus cuerpos hasta que las yemas de los dedos se arrugan y las caricias pierden su suavidad inicial.

Una vez fuera del agua, Minerva se deja caer de espaldas. La arena está fría, pero se siente cálida contra la piel, congelada tras el baño. Minerva tiembla, tiene el vello de los brazos erizado y sus dientes castañean. Christopher se acomoda sobre ella, conservando el calor entre sus torsos desnudos. Enreda los dedos en su melena empapada. La arena se cuela entre sus mechones con cada movimiento y se le pega al pelo. Besa a Minerva en los labios, fríos como el resto de su piel. Las gotas se resbalan desde la barbilla, y serpentean entre sus pechos hasta perderse por debajo de las costillas. Christopher se las seca con los labios. Su piel sabe a sal desde el cuello hasta el ombligo, incluso entre las piernas cuando le quita la ropa interior sin delicadeza para arrancarle un gemido con la lengua, el primero de muchos, con la luna por testigo.

—No te corras dentro —susurra ella cuando Christopher se incorpora y hace amago de quitarse los calzoncillos—. No quiero tener un bebé.

—¿Por quién me tomas? ¿Crees que yo quiero uno?

Christopher alarga el brazo hasta el pantalón y saca del bolsillo trasero un preservativo. Rompe el precinto con los dientes y se lo tiende a Minerva, dentro del envoltorio.

—Pónmelo tú —le pide, mirándola fijamente a los ojos.

Cuando Christopher abre los ojos, le ciegan los colores de un incipiente amanecer en el horizonte. Despierta desorientado. Mira a su alrededor y poco a poco la noche pasada va cobrando sentido. Sin embargo, no recuerda haber caído dormido, ni haber apagado el cigarrillo que encendió después de que Minerva le deseara las buenas noches con los labios entre sus piernas, pero la colilla está hundida en la arena. Aún tiene el pelo húmedo y el torso descubierto, con la toalla cubriéndole de cintura para abajo. Los escalofríos son incontrolables. Recoge su ropa, húmeda y fría, y se viste apresuradamente, sin importarle que la camisa esté del revés. Sin despedirse de Minerva, ni despertarla siquiera, vuelve la espalda al mar y se dirige a la casa, dispuesto a dejarse caer sobre el colchón antes de que salga el sol.

JUEVES, 28 DE AGOSTO

CAPÍTULO 8

Los rayos de sol se filtran por los amplios ventanales desde las primeras horas de la mañana. La orientación de la casa al sureste es perfecta para unas vistas envidiables al mar, especialmente al amanecer. Pero el calor se agarra a las paredes con tal facilidad que ni las bajas temperaturas de la noche consiguen refrescar la casa. Scarlet se refugia en la cocina, abanicándose el rostro con una postal de Montaserra que ha llegado en el correo esa misma mañana y no se ha molestado en leer. Su vestido de lino se le adhiere a la piel, pegajosa por la mezcla de sudor y loción bronceadora. La espesa melena rubia le resulta incómoda, incluso agobiante, pero es un precio que está dispuesta a pagar para poder lucir sus mechas recién estrenadas antes de que el cloro de la piscina eche a perder el color. El maquillaje se le derrite bajo las gotas de sudor que le resbalan desde las sienes entre las ondas de su pelo. El viento que levanta la postal no es suficiente y acaba por abrir la puerta del frigorífico y quedarse allí unos segundos, respirando el aire gélido que emana de su interior.

La presencia de Christopher en la puerta que da al recibidor le devuelve a la realidad. Scarlet se decide por una jarra de zumo de naranja y una botella de vino blanco y se apresura a cerrar el frigorífico.

—Buenas tardes, Christopher —llama su atención, mientras se dispone a preparar la bebida—. Tenemos que hablar muy seriamente, jovencito. ¿Te parece que estas son horas de levantarse cuando tienes invitados? ¿Dónde están tus modales?

Christopher no le da los buenos días e ignora sus palabras sin esfuerzo. Entra en la cocina con desgana, sumido en un estado de sopor. El pelo enmarañado y encrespado le cuelga sobre unos ojos enmarcados con unas ojeras oscuras. Se arropa a sí mismo con los brazos, envuelto en una amplia sudadera gris con el emblema de la Universidad de Castierra bordado en la delantera. No recuerda la última vez que estuvo enfermo sin que el diagnóstico fuera resaca. Había olvidado lo desagradables que son los escalofríos febriles y los temblores que los acompañan.

—Mamá, ¿por qué hace tanto frío en esta casa? —pregunta, frunciendo el ceño en una mueca de dolor. Su voz no pasa de un susurro áspero.

—¿Frío? ¿Te encuentras bien, Christopher? —pregunta, sintiendo como el calor se vuelve insoportable con la nevera cerrada y el sudor le empapa la nuca. Christopher niega con la cabeza—. ¿Tienes fiebre?

—Estoy ardiendo.

—Qué exagerado, no serán más que unas décimas —Scarlet le vuelve la espalda para buscar un vaso limpio, ignorando sus estornudos y sus quejidos—. Un baño en esa piscina helada y estarás como nuevo.

—No puedo respirar. Me estoy muriendo, mamá.

—No seas tan dramático, Christopher, ya no eres un niño —le regaña, armándose de paciencia—. Solo es un resfriado de verano.

Scarlet se sirve un vaso de zumo, hasta la mitad. El resto lo rellena con el vino y se lo lleva a los labios, sin mezclar.

—Tómate tus vitaminas —le ordena, señalando con la cabeza la jarra de zumo que reposa sobre la encimera—. Le diré a Doris que te prepare algo más fuerte cuando vuelva.

Christopher arrastra los pies hasta el mueble y se sirve un

vaso. Lo llena solo hasta la mitad, con pulso tembloroso. Mientras saborea el vino, Scarlet le dedica una mirada de reproche, tan intensa que no necesita acompañarla con palabras para que Christopher vuelva a tomar la jarra entre sus manos y llene el vaso prácticamente hasta el borde. Sin embargo, no se molesta en probarlo. Lo deja apoyado en la encimera y rebusca en uno de los cajones hasta dar con una cajetilla de cigarrillos. En su interior solo quedan dos, arrugados y resecos. Enciende uno de ellos y se guarda la cajetilla en el bolsillo del pantalón del pijama. La primera calada le arranca un ataque de tos que trata de calmar con un trago de zumo, pero solo consigue empeorarlo. Scarlet le observa en silencio, sacudiendo la cabeza hacia los lados.

—¿Dónde está Doris? —pregunta cuando consigue dejar de toser—. Necesito una taza de su remedio ahora, tal vez cuando vuelva sea demasiado tarde.

—Sobrevivirás, para mi desgracia —Scarlet da un sorbito a su bebida. Otro más. Son tragos cortos y delicados, pero tan seguidos que el líquido no tarda en alcanzar la mitad del vaso. Lo vuelve a rellenar de vino, hasta que amenaza con desbordarse—. Deja de protestar y tómate ese zumo de una vez.

—No puedo tragarlo, mamá —se excusa—. Me duele la garganta.

—Y para quejarte no te duele, ¿verdad? —le regaña—. Ni para fumarte ese cigarrillo.

—Eso no tiene nada que ver —se defiende, mientras traga una profunda calada. El humo se siente como una hebra de alambre de espino dejándole la garganta en carne viva.

—No sé por qué me molesto contigo, Christopher. Eres igual que tu padre y vas a acabar haciendo lo que se te antoje, como siempre —se resigna—. Me estás poniendo un dolor de cabeza tremendo y tengo compromisos con gente importante esta tarde.

Con el vaso en una mano y la postal en la otra, abanicándose sin descanso, Scarlet se acerca a la mesita de la cocina. Antes de que tenga tiempo de posar su bebida sobre el mantel, el timbre de la puerta principal reclama su atención. Suena repetidas veces y hace eco en el recibidor.

—Por todos los demonios, ¿por qué siempre que le doy la mañana libre a Doris no deja de sonar ese condenado timbre? —protesta, mientras se arregla el vestido y se ahueca el pelo—. Ahora mismo vuelvo. Y bébete ese zumo.

En cuanto su madre desaparece al otro lado de la puerta, Christopher se acerca el vaso a los labios y sorbe con desgana el zumo. Es dulce y refrescante en el paladar, una agonía cuando hace un esfuerzo por tragarlo. Christopher desiste y vierte el resto del zumo en el fregadero. Deja que corra el agua hasta que los últimos restos de pulpa desaparecen por el desagüe en una espiral que le recuerda el curso de la noche anterior y el precio que tiene que pagar por ella. Los diez pasos que le separan de la mesita de la cocina se sienten como kilómetros bajo sus pies. Exhausto, apaga el cigarrillo a medias en el cenicero y se desploma en una de las sillas con desgana.

Scarlet regresa a la cocina con el ceño fruncido y una sonrisa forzada en la cara. No está sola, a juzgar por el taconeo descoordinado que se filtra desde el recibidor y las palabras, hiladas con fingida emoción, que salen de su boca. Christopher no levanta la vista. Scarlet se lo encuentra sentado en una de las sillas, fingiendo dormir con la cabeza apoyada entre los brazos sobre la mesa. Se disculpa ante su invitada y se mueve por la cocina con rapidez, como si de pronto no le afectara el calor asfixiante y solo tuviera prisa por librarse de su compañía. Abre todos los cajones con nerviosismo, hasta dar con una caja de analgésicos.

—No sabes lo que te lo agradezco, Scarlet, querida. Con todo el tema de la mudanza no sé dónde he dejado el botiquín —dice la otra voz, más melódica pero igualmente teatral, cuando le tiende las pastillas—. Me encargaré personalmente de que te llegue una botella de vino antes de la cena.

Scarlet sonríe y le ofrece un cigarrillo de su pitillera, pero la mujer lo rechaza con un gesto muy delicado y cortés, sacudiendo los dedos en el aire con elegancia.

—Christopher, ¿te acuerdas de Martha Mayerd? —pregunta Scarlet con un aire muy casual, mientras enciende el cigarrillo con mucha calma. Tras una larga calada lo posa en la ranura del cenicero y deja que se consuma.

—No —responde él, sin cambiar de postura.

—¡Christopher, compórtate! —le regaña Scarlet, antes de volverse hacia Martha con su sonrisa más resplandeciente para conducirla de nuevo hacia el recibidor—. ¡Este chico! No le tengas en cuenta nada de lo que dice, Martha, querida. Está delirando por la fiebre.

—No te preocupes, Scarlet. Sé muy bien cómo se comportan los hombres cuando les duele algo —le quita importancia mientras salen de la cocina—. Mi marido mismamente… le pediría el divorcio cada vez que se enferma de gripe. En su lugar le pido a todos los demonios que empeore y se lo lleven rápido, pero nunca me hacen caso.

Las dos estallan en carcajadas y se detienen en medio del recibidor. Son unas risas muy exageradas y sonoras, muy repetidas en sus conversaciones fingidas, que hacen eco por toda la casa.

Scarlet rescata el cigarrillo al regresar a la cocina. Cuando toma la colilla entre sus dedos la ceniza prácticamente alcanza el filtro y se desprende del papel como una hoja marchita en otoño. Scarlet consigue arrebatarle una última calada antes de aplastarlo suavemente contra el fondo del cenicero. La colilla tiembla entre sus uñas pintadas de rojo, pero su voz se mantiene firme cuando se dirige a su hijo. Le dedica una mirada de desprecio entre las volutas de humo. Christopher sigue haciéndose el dormido sobre la mesa, indiferente a su presencia

—No te lo vas a creer —comienza Scarlet—. Al parecer su hija pequeña tampoco se encuentra bien. Menuda coincidencia, ¿no te parece?

—Lo es —Christopher arrastra la voz hasta que no da más de sí, sin incorporarse ni abrir los ojos siquiera—. ¿Se está muriendo tan rápido como yo?

—No te estás muriendo y Minerva tampoco. Pero mañana tomaba parte en un torneo de golf y Martha está muy preocupada por ella —prosigue—. No cree que vaya a dar la talla para clasificarse en el torneo regional con fiebre tan alta.

—Ya es mala suerte —susurra.

—¿Se puede saber qué hicisteis ayer por la tarde para que os hayáis levantado los dos resfriados? —se interesa, conociendo de sobra la respuesta.

—Fuimos a una heladería y al cine, ya te lo dije anoche durante la cena.

—Tus amigos y su hermana también, y ellos se encuentran perfectamente.

—Hacía mucho calor en la calle y en la sala de cine nos sentamos justo debajo del ventilador —improvisa—. No todo lo malo que pasa en este país es mi culpa, mamá.

—No hace ni dos semanas que los Mayerd se mudaron a Salterra y ya me estás causando problemas con ellos, Christopher —musita, muy seria—. Van a ser nuestros vecinos todos los veranos mientras conservemos esta casa.

—No te sulfures, mamá —responde, levantando ligeramente la cabeza—. La señora Mayerd no te va a reprochar nada. Esa chica había dejado de ser virgen mucho antes de conocerme.

—Por todos los demonios, ¿te importaría empezar a comportarte como un caballero algún día de estos? —le reprende—. ¿Cómo vas a encontrar esposa con esos modales, Christopher?

—Solo tengo veintiún años. No me interesa comprometerme con una única mujer antes de cumplir los treinta.

CAPÍTULO 9

La biblioteca se encuentra en el segundo piso, junto al despacho del señor Straiger, en una pequeña sala con vistas al mar a través de un amplio ventanal. Las otras tres paredes están recubiertas de libros, desde el suelo hasta el techo, salvo por el diminuto espacio que ocupa la puerta que da al pasillo. Son libros de todos los tamaños y colores, de temáticas de lo más variadas. Muchos de ellos nunca han sido abiertos y sus lomos están recubiertos de una capa de polvo que ya forma parte de ellos. La estancia la completa un escritorio de madera de ébano y unos sillones de lectura junto a la ventana. Rígidos, con la tapicería aterciopelada impecable, como si jamás hubieran soportado el peso de nadie sobre sus asientos. Jeremy y Valentine se adentran fascinados, sorprendidos de encontrar un escondite tan perfecto en la casa de veraneo de los Straiger.

Jeremy recorre la biblioteca y se sienta frente al escritorio. La madera no tiene ni una mísera cicatriz, como si nunca se hubiera derramado tinta sobre él ni la punta de ninguna estilográfica hubiese arañado el barniz. Está decorado con un reloj de arena, conchas rescatadas de la playa y viejas fotografías de la familia. Una de ellas retrata al señor Straiger en su juventud posando en el puerto frente a un velero bautizado como *Scarlet*, con los acantilados de Salterra a sus espaldas. El parecido con Christopher es asombroso. Jeremy desvía la mirada hacia las cuartillas en blanco amontonadas a su derecha que le piden que las rellene con palabras. Se decide por una pluma de tinta negra que encuentra en uno de los cajones y garabatea la fecha en la esquina superior de la cuartilla.

—¿Alguna vez has visto a Christopher leer un libro? —pregunta Jeremy, sin levantar la vista de la carta que empieza a escribir.

—En los tres años que hemos compartido dormitorio, no, nunca —responde Valentine, mientras repasa los títulos de fantasía de la segunda estantería. Se decide por un libro de leyendas antiguas y lo saca con cuidado—. Ha hojeado los libros que necesita para clase, si a eso le llamas leer.

—A su padre solo le he visto leer el periódico —comenta, repasando los breves encuentros con el señor Straiger durante las vacaciones—. ¿Para qué quiere una biblioteca tan completa alguien que no lee?

—Mejor si no la usan, así me podré esconder de Scarlet.

—No te da un respiro.

—Empieza a ser preocupante, me la encuentro en todas partes. Anoche tuve que encerrarme en el dormitorio con pasador —confiesa—. ¿Y has visto como ha intentado ponerme crema esta mañana?

—No lo ha intentado, lo ha conseguido y te ha dado un buen repaso.

—No tiene gracia, le ha faltado poco para meter las manos por debajo de la goma del bañador.

Valentine se sacude los recuerdos de la cabeza y reclama la atención de Jeremy mientras señala al libro que tiene en la mano.

—¿Crees que lo echarán de menos si me lo llevo al dormitorio?

—No, pero es mejor si tapas el hueco.

Valentine mueve uno de los libros hasta que queda

reclinado en el espacio vacío. Recostado contra la estantería, comienza a hojear el ejemplar que tiene entre manos mientras Jeremy prosigue con su carta, en silencio. La pluma rasga el papel con cada trazo en letra cursiva que rellena cada una de las tres cuartillas que gasta, por ambas caras.

—¿A quién escribes? —se interesa, aunque se imagina la respuesta antes de que Jeremy lo diga en voz alta.

—A Leara —confirma—. Le debo una carta, pero se la daré en mano cuando la vea el domingo en Castierra.

—¿Vas a ir tú solo el domingo? —Valentine desvía la mirada hacia él, extrañado.

—Se lo prometí —Jeremy deja la pluma sobre el escritorio y levanta la vista—. Además, no me fío de Christopher conduciendo desde Artania el lunes. Lo más seguro es que se duerma y lleguemos tarde.

—Cuento con ello, los discursos del decano Beirnans son soporíferos —bromea.

Sin embargo, su expresión se tensa prácticamente al instante, al volver a pensar en Leara.

—Escucha, Jeremy… sobre lo de ayer con Alicia…

—Eres un hombre soltero y estamos de vacaciones, ya lo sé — murmura, sin levantar la vista del papel.

—No pasó nada —insiste Valentine.

—Lo sé, solo un idilio de verano. No voy a mencionarlo en la carta si eso es lo que te preocupa.

Valentine no tiene tiempo de agradecérselo. Sin previo aviso, la puerta de la biblioteca se abre y golpea con violencia una de las estanterías. Jeremy da un respingo en la silla y deja que la pluma ruede por el escritorio al tratar de cubrir las cuartillas escritas. Valentine casi deja caer el libro al reparar en Scarlet observándoles desde el umbral con una copa en la mano y abanicándose con la postal que sostiene en la otra. Sorbe lentamente de su bebida mientras da un repaso a la estancia con curiosidad, como si hubiese olvidado que la biblioteca estaba allí y redescubriese todos sus detalles en ese preciso instante. Valentine se acerca a Jeremy lentamente, con pasos cortos hacia atrás, aumentando la distancia que le separa de Scarlet.

—Ah, aquí estáis, os he buscado por toda la casa —dice al fin, con un tono de fingida sorpresa—. La comida estará servida en unos minutos.

—Espero que no le importe que usemos su biblioteca —se excusa Jeremy—. Nos hemos cansado de esperar a Christopher en la piscina.

—Me temo que no vais a poder contar con él en todo el día —comenta, antes de dar un largo trago a su copa—. Quizás tenga la decencia de unirse a nosotros en la mesa, pero ya sabéis cómo es cuando no se encuentra bien.

Jeremy y Valentine intercambian una mirada fugaz. La de Valentine de confusión, pues no asistieron a ninguna fiesta la noche anterior. La de Jeremy de decepción, consciente de que su escapada nocturna con Minerva tuvo algo que ver.

—¿Queréis que os acerque al pueblo en coche después de comer? —se ofrece—. Es el último día, podemos hacer lo que os apetezca.

—No es necesario, señora Straiger… —comienza Valentine.

—Llámame Scarlet, querido —interrumpe.

—No se moleste, *señora Scarlet* —interviene Jeremy, desviando su atención—. Nos gustaría bajar a la playa si a usted le parece bien. Todavía no nos hemos bañado en el mar.

—A una de estas calas, no tiene que llevarnos en coche hasta la playa del pueblo —aclara Valentine, tratando de librarse de su compañía—. Podemos ir nosotros solos desde aquí.

—Oh, por supuesto —se resigna—. Como queráis, es vuestro último día. Pero no os retraséis para la cena.

La cala refleja la verdadera belleza de los paisajes del sur, mucho más íntima y relajante que la concurrida playa de Salterra. No hay puestos de helados ni de bebidas frías, pero tampoco los pies de un desconocido prácticamente rozando su toalla ni el murmullo de una conversación absurda resonando en sus oídos. Hay varios grupos de personas, dispersos sobre la fina arena, manteniendo la distancia para creerse que solo comparten ese recóndito paraíso con las gaviotas. Valentine y Jeremy se acomodan cerca de las rocas. No tienen tiempo siquiera de quitarse la ropa y quedarse en bañador cuando dos chicas se acercan corriendo y se plantan frente a sus toallas. Una de ellas mantiene la distancia, recolocándose nerviosamente el pelo detrás de las orejas cada vez que la brisa se lo agita. La otra arrastra una colchoneta roja y lleva la cabeza cubierta con un sombrero de paja que deja su rostro a la sombra. Jeremy la reconoce al instante, incluso antes de que despegue los labios para saludarle.

—Vaya, vaya, Alicia. Mira lo que tenemos aquí.

—Virginia, qué sorpresa —responde Jeremy.

—¿Verdad que lo es? Ven conmigo, Jeremy. Vamos a bañarnos —se dirige a él tendiéndole la mano para que se levante, pero Jeremy ignora el gesto.

—Ahora no me apetece mucho —se excusa, sin moverse de la toalla—. Acabamos de comer y todavía no me ha hecho la digestión.

—¡Que vengas! —insiste, mirándole fijamente a los ojos, como si esperase que Jeremy pudiera leerle la mente a través de ellos. Él le devuelve una mirada de confusión hasta que Virginia, con un delicado movimiento de cabeza, señala a Alicia—. Si no te levantas me agacho y te doy un beso en la boca.

Jeremy se incorpora sin rechistar, sin darle un segundo de

margen a Virginia para cumplir su amenaza. Valentine también se levanta y los cuatro comparten una carcajada por un momento, hasta que Virginia agarra a Jeremy de la muñeca y sale corriendo, arrastrándole en dirección al agua. Valentine y Alicia los observan en silencio, el uno junto al otro sin mirarse, estirando esa calma que precede a un ineludible momento incómodo. Sus carcajadas se diluyen en una sonrisa. El silencio que le sigue es tenso. Las olas rompen con fuerza en la orilla y escuchan a Jeremy quejarse de lo fría que está el agua cuando la toca con los dedos de los pies. Las gaviotas gruñen sobrevolando la cala, luchando contra el viento que las empuja lejos del mar. El mismo viento que revuelve el pelo de Alicia cuando gira la cabeza hacia Valentine.

—¿Vas a venir a la fiesta de mi hermana? —se aventura a preguntar. La voz le tiembla al pronunciar cada palabra—. Es el sábado.

—Volvemos mañana a Artania —aclara él. El rostro de Alicia se recubre de desilusión.

—¿Mañana? —repite, en voz baja. Es una palabra que duele pronunciar, no tanto como duele asimilar lo que implica. Su voz está cargada de sorpresa y decepción, sus ojos pierden el brillo que acarreaban al llegar. Valentine asiente—. Pensé que os quedaríais unos días más.

—Me encantaría, este lugar es increíble —confiesa—. Pero a los Straiger no les gustaría que destrozáramos la casa en su ausencia.

—¿Ellos también se van? —es preocupación lo que domina ahora la voz de Alicia. La cara de su hermana se dibuja nítidamente en su mente.

—Claro, el lunes empieza el curso en la Universidad de Castierra —explica—. ¿Vosotras?

—No —responde, negando al mismo tiempo con la cabeza. Su voz es solo un susurro que arrastra las palabras, tratando de que salgan solas y no empapadas en lágrimas—. En la capital no empezamos hasta el segundo lunes de septiembre.

Alicia retira la mirada y la clava en el horizonte. Un golpe

94

de brisa le sacude la melena y le provoca un escalofrío. Se arropa con los brazos, arrugando la tela del vestido entre los dedos para calmar el repentino temblor de sus manos.

—¿Estás bien? —se interesa Valentine.

—Sí. No es nada, de verdad. Se acaba el verano, ya sabes cómo son esas cosas —sin volverse hacia él, le dedica una sonrisa breve que se deshace en un suspiro. Evoca nostalgia, recuerdos recientes que parecen ser parte de un sueño—. Los finales son siempre agridulces cuando te despides de algo estupendo.

—Ven aquí.

Valentine la estrecha entre sus brazos. Alicia contiene las ganas de llorar cuando apoya la cabeza sobre el pecho del muchacho. Las lágrimas se le arremolinan en los ojos hasta que la vista se le empaña. Se niega a dejarlas salir y que le delaten cuando empapen la camiseta de Valentine. Respira profundamente y se embriaga con esa mezcla de brisa marina y colonia masculina que siempre le traerá recuerdos de este verano.

—Es muy afortunada —susurra—. Esa chica del norte.

—¿Cómo…? —a Valentine el corazón le da un vuelco al pensar en Leara.

—Se nota —interrumpe—. Cualquier otro chico… anoche, en tu situación… se habría aprovechado de mí.

Valentine suspira, pero no añade nada. Las manos de Alicia se resbalan con delicadeza sobre la tela de su camiseta.

—Buena suerte, supongo —murmura ella.

—Gracias, la necesitaré —responde Valentine antes de aflojar el abrazo y sujetarla por los hombros. Ella levanta la cabeza y se atreve a mirarle a los ojos—. ¿Tú vas a estar bien?

Alicia aprieta los labios y asiente en silencio. Un grito histérico desde la orilla les interrumpe y les arranca una sonrisa al ver como Virginia ataca a Jeremy con la colchoneta obligándole a meterse en el agua.

—¿Nos unimos a ellos? —sugiere Valentine tendiéndole la mano—. Tu amiga va a ahogar a Jeremy.

VIERNES, 29 DE AGOSTO

Se acaban así los días en el sur, una noche de viernes. En la estación de tren, con una maleta llena y un viaje de varias horas por delante en las que mirar atrás a la última semana de vacaciones. El viento se lleva el verano de 1952 hacia el norte para convertirlo en un otoño prematuro. Lo hace sin compasión, como las olas se llevan los corazones dibujados en la orilla. Como el cielo gris del norte se llevará el bronceado de la piel. Pero los recuerdos se quedan. En las cartas sin enviar, en las postales que se pierden de camino a su destino. En los besos robados, en los que nunca llegaron a darse. Y en las historias que tendrán para contar cuando regresen a la ciudad.

AGRADECIMIENTOS

Merecería arder en el infierno si no empezara esta sección agradeciendo a **María F.G.** todo su apoyo y el tiempo dedicado a leer esta obra por fascículos cuando no era más que una historia corta, un *fanfiction* de mi propia novela, para dar profundidad a los personajes y ciertos detalles que se mencionan en *Cosas que hacer después de morir*. Por aquel entonces no pensaba sacarlo a la luz, era algo para nosotras y un par de personas más. Pero el palo de esgrima hizo efecto y se me cayó la corona. He procurado mantenerlo lo más fiel posible a aquella primera versión que llegaste a leer, aunque no me ha quedado otra que pulir algunas esquinas. Altea se nos quedó pendiente, pero espero que donde quiera que estés haya bibliotecas y puedas pasar unos días en Salterra conmigo.

También tengo que agradecerle a **M.R.** sus mensajes de audio sobre *Cosas que hacer después de morir* y cierto material inédito, que me animaron a querer despertar esas reacciones *fangirlísticas* en otras personas. Espero con muchísimas ganas las nuevas entregas de tu podcast (aunque en esta ocasión no haya desnudos gratuitos de uno de tus personajes favoritos y me lluevan *emojis* de tomates por ello). Ojalá esta historia alegre tus tardes (si es que te dura más de una) al otro lado de la barricada.

Gracias infinitas también a **N.C.** por estar siempre ahí a pesar de la distancia y las zancadillas de la vida. Siempre que hablo contigo, no necesariamente de literatura, me entran unas ganas tremendas de seguir escribiendo. Gracias por mantener viva mi creatividad después de todos estos años. Tal vez nuestra gramola ecléctica venga con algún arrebato inspiracional.

Y por supuesto a **D.A.**, por su apoyo y sus palabras y por pedir más material. Aquí lo tienes. Algo de tu *Dorne* me he traído a esta historia, como norteña de pura cepa que soy. El talento no se me pegará, pero la creatividad es contagiosa y es una suerte tremenda estar rodeada de artistas como tú. Ya lo dijiste, a mí lo que siempre me ha gustado es contar historias. Espero sacar tiempo para contar muchas más.

A **Ama,** por haberse leído tres veces mi primera novela (cuatro si tenemos en cuenta el borrador). Todo un logro teniendo en cuenta que los personajes tienen nombres extranjeros y las ciudades tienen nombres inventados. Y por haberme acompañado a destinos costeros. No era casualidad, algo tramaba.

Y aunque nunca leerán estas páginas, y si lo hacen no se darán por aludidos ni viendo sus iniciales aquí plasmadas, a **J.C., L.P., M.L., G.K., J.L., A.D. y L.R.**

A mi **yo del pasado**, por haber sabido sacar todo el jugo a los limones de la pandemia. La limonada es exquisita y sabe a sueños cumplidos.

A mi **yo del futuro**, cuando leas esto: sean cuales sean tus sueños en esta era de tu vida, ve a por todas con ellos. No pienses en los míos, en los que se quedaron a medias por el camino, en los que perdiste interés. No te obligues a escribir para mí, no sientas que debes terminar lo que yo empecé. Deja el pasado donde está y vive en el presente porque yo estaré orgullosa de ti cuando consigas aquello que te haga feliz.

Y **a ti**, por haberme acompañado en esta escapada a Salterra. Espero de corazón que te lleves un buen recuerdo de los días en el sur con mis amigos imaginarios. Este verano se termina, pero los inviernos en el norte tienen algo especial y tal vez te apetezca hacer otro viaje con nosotros a Castierra. O a Artania.

ACERCA DEL AUTOR

L.A. Salsterg (País Vasco, 1985) tiene siete vidas, como los gatos españoles (aunque admite que preferiría tener nueve, como los ingleses). A lo largo de ellas ha correteado por cuantos campos artísticos se han abierto ante sus ojos. Sin embargo, todas esas vidas pasadas fueron cayendo poco a poco en el olvido, sintiéndose cada vez más lejanas a medida que ciertas obligaciones mundanas comenzaron a acaparar más horas de las que tiene el día.

Fue a mediados de los años 00, en su cuarta o quinta vida, cuando Salsterg empezó a tomarse la escritura más en serio al adentrarse en el fascinante y adictivo mundo del *fanfiction*. Fue su época más activa y creativa, aunque por aquel entonces firmara sus trabajos con otro nombre inventado. En esa ocasión se prometió que no abandonaría su pasión en el baúl de los recuerdos como había hecho con sus otras aficiones de vidas anteriores.

Pero, como les ocurre a tantos propósitos de Año Nuevo que no llegan a ver jamás la luz de febrero, la vida adulta se entrometió de nuevo y Salsterg no volvió a sentarse frente a una hoja en blanco en prácticamente una década. Ese periodo de letargo inspiracional llegó a su fin con *Cosas que hacer después de morir*, su primera novela, a la que siguieron otras historias auto conclusivas ambientadas en el mismo universo y protagonizadas por los mismos personajes. *Secretos enterrados en la arena* es una de ellas, cronológicamente situada en el verano inmediatamente anterior a la historia principal relatada en *Cosas que hacer después de morir*.

Salsterg reside actualmente en Inglaterra, donde compagina como puede su trabajo de oficina con su interés por la fotografía, el diseño gráfico, la escritura y la compañía de su hija Stella, una gatita parda de once años.

Printed in Great Britain
by Amazon

24176782R00067